F.J. Buchner

Das Klassentreffen

ISBN 3-8311-2231-8
Herstellung: Books on Demand
Umschlaggestaltung: Paul Martin
Alle Rechte beim Autor

Das Klassentreffen

Der Brief lag unscheinbar in der täglichen Post, deshalb beachtete ich ihn zunächst nicht. Erst nachdem ich alles andere durchgesehen hatte, öffnete ich das blaue Kuvert.

Ich lehnte mich zurück und überflog die Zeilen. Es war eine Einladung. Fünfundzwanzig Jahre nach unserem Abitur, so hieß es in dem etwas verschnörkelten Text, sei es endlich an der Zeit, sich einmal wiederzusehen, das fröhliche Schülerdasein liege doch schon so lange zurück, und wer weiß, ob man sich überhaupt jemals noch treffen werde. Drei Klassenkameraden seien mittlerweile bereits verstorben, und einer verschollen...

Noch ehe ich die Unterschrift las, wußte ich, wer mir geschrieben hatte. Es konnte nur der Tierarzt Walter Franke sein, einer der wenigen aus unserer Klasse, der sich nach dem Studium in unserer Heimatstadt niedergelassen hatte. Die meisten von uns lebten irgendwo in Deutschland, einige im europäischen Ausland, und zwei sogar in Übersee.

War es die gesellige, umtriebige Art des Tiermediziners oder fühlte er sich als Daheimgebliebener verpflichtet, jedenfalls hatte er schon einmal versucht, ein Klassentreffen zu organisieren, vergeblich allerdings, denn damals, zehn Jahre nach der Reifeprüfung, hatten zu viele abgesagt. Jetzt bat, ja mahnte er alle Ehemaligen, unbedingt zu kommen.

Am zweiten Wochenende im Mai sollte es sein, im Hotel ‚Zum Schwan', wie es schon vor fünfzehn Jahren geplant gewesen sei. Beginnen werde man mit einem Kommers am Freitagabend, am Samstag werde man das neue Gymnasium besuchen – der alte Bau in der Innenstadt war längst abgerissen und einem Kaufhaus gewichen – und danach sei ein Rundgang durch die Stadt vorgesehen. Am Abend solle ein feierliches Essen stattfinden, und nach einem gemeinsamen Frühstück am Sonntagmorgen würden die meisten dann wohl wieder abreisen.

Der Brief schloß mit einem kameradschaftlichen Gruß und der Aufforderung, sich möglichst bald bei ihm schriftlich anzumelden, er müsse rechtzeitig Bescheid wissen, um alles vorbereiten zu können.

Es war Anfang Dezember, eine Weile also noch, sich zu entscheiden. Ich hatte wenig Lust, zu diesem Treffen zu fahren – zu weit hatte ich mich nicht nur räumlich von der norddeutschen Heimat entfernt.

Die früheren Kameraden? In der Schulzeit war in unserer Klasse kein Zusammenhalt gewesen, kein ‚Gemeinschaftsgeist‘, wie unser Klassenlehrer zu sagen pflegte. Es lag damals wohl an einigen ausgeprägt eigenwilligen Jungen und den wenigen Mädchen, daß sich Gruppen gebildet hatten, Egoisten, die den anderen eher zu schaden als zu helfen bereit waren. So hatten wir uns nie auf eine Klassenfahrt oder einen gemeinsamen Ausflug einigen können, und die Front gegenüber den oft intoleranten und unerbittlichen Lehrern war mehr als bröckelig gewesen. Fröhlich konnte man unsere Pennälerzeit eigentlich nicht nennen.

Ich steckte den Brief in meine Jackentasche und machte mich an meine Arbeit. Gegen achtzehn Uhr verließ ich die Kanzlei und fuhr durch den dichten Frankfurter Verkehr nach Hause.

Erst nach dem Abendessen, beim Wein, dachte ich wieder an die Einladung, und ich griff in die Tasche. Aus dem Kuvert rutschte ein Bild, das ich heute morgen übersehen hatte. Ein Foto unserer Klasse, aufgenommen kurz vor dem Abitur. Etwas vergilbt war es, aber gut erkannte man die zwanzig Jungen und vier Mädchen an der Backsteinmauer, die unser düsteres Schulgebäude umgab.

Ich betrachtete das Bild und kam ich ins Sinnieren. Ich begann mich zu erinnern, und nach und nach belebten sich die blassen Gesichter und Gestalten auf dem Foto, das eigentlich so gewöhnlich war wie hundert andere auch.

Doch ganz so normal, so wie alle anderen, war unsere Klasse nicht. Unter uns Schülern nämlich gab es einen Jungen, der außerordentlich hübsch, ja geradezu schön war. Auf dem Foto kniete er in der ersten Reihe links unten, der dunkelhaarige, schlanke Michael Hoberg, den wir Micha nannten. Niemand wußte, wo er jetzt lebte und was er machte, seit er sein Physikstudium beendet hatte.

Noch ungewöhnlicher allerdings, wenn auch in anderer Weise, war das Verschwinden eines anderen aus der Klasse. Er hieß Richard und war wirklich und wahrhaftig verschollen. Seine Frau ließ ihn seit Jahren polizeilich suchen, nachdem er seine Familie scheinbar ohne Grund über Nacht verlassen hatte und völlig unauffindbar blieb. Er war früher das Gegenbild zu Michael, ein etwas dicker, häßlicher und motorisch gestörter Junge mit dickglasiger Brille, der sich vom ersten Schultag an in die Rolle des Klassenclowns fügen mußte. Was wir ihm in vielen Jahren angetan haben, ist eigentlich unverzeihlich und heute kaum zu verstehen. Zwei unserer Mädchen waren daran nicht ganz unbeteiligt.

Weiter rechts auf dem Bild, neben Walter Franke, entdeckte ich Jürgen Sievers, den besten Sportler unserer Klasse. Damals wurde er von uns bewundert, weil er so groß und stark war und bei den Wettkämpfen gegen die anderen Schulen fast immer siegte, egal, in welcher Disziplin. Ebenso wie den Michael hatte man ihn aus den Augen verloren. Jurist sei er, hieß es, und er habe Karriere gemacht. Ministerialrat oder so etwas sei er geworden.

In der hinteren Reihe, rechts neben mir, stand Hans Keding. Er war mein bester Freund in jenen fernen Tagen. Wir waren unzertrennlich. Schon in der Grundschule hatten wir in der gleichen Bank gesessen, und wie wir von da an zueinander hielten, uns durchmogelten, spielten, lernten und teilten, das war schon etwas Besonderes. Max und Moritz nannten uns die Lehrer.

Hans Keding war der Sohn eines Autohändlers, sein Vater vertrat in unserem Ort die Firma Daimler-Benz. Ich wohnte in der Nachbarschaft, das Autogeschäft befand sich damals noch mitten in der Stadt. Jeden Tag waren wir beiden zusammen, ich fast immer bei ihm, denn es war viel Platz im Haus seiner Eltern. Hans hatte ein eigenes Zimmer, ich nicht, und außerdem durften wir einen zweiten Wohnraum benutzen, der zu unserem ‚Eldorado' wurde.

Unsere Stadt war unbedeutend und klein, sie lag abseits der großen Straßen und Zentren, aber für uns war sie der Nabel der Welt, der Mittelpunkt unseres jungen Lebens. Die Lehrer machten es uns schwer, das alte, muffige Gymnasium war mehr Alptraum als Wissensquell, doch Hans und ich verstanden es, den dauernden Zumutungen zu begegnen und triste Stunden in goldene Tage zu verwandeln.

Alles unternahmen wir gemeinsam, vom täglichen Stadtbummel bis zum Kinobesuch, von den Wanderungen und Fahrten mit dem Schülerclub ‚Neudeutschland' bis zu den Zeltlagern in unserer Moor-und Heidelandschaft. Wir kickten Fußball in der Jugendmannschaft und waren Meßdiener in unserer Pfarrkirche, wo wir brav am Altar standen, aber auch unseren ersten Alkohol probierten, als wir uns in der Sakristei an einer Flasche Meßwein vergriffen.

Im Sommer schwammen wir im Fluß oder im großen Kanal. Wir enterten die vorbeirauschenden Lastkähne, legten uns auf die Bohlen der Ladeluken und fuhren kilometerweit mit. Zurück ging es auf die gleiche Weise mit einem ‚Gegenschiff'.

Wenn im Winter die überschwemmten Wiesen zu riesigen Flächen gefroren, jagten wir auf Schlittschuhen über sie dahin oder tobten uns beim Eishockey aus. Dann die ersten Annäherungsversuche bei den Mädchen. Vor allem das Reden danach...

Hans und ich waren immer gut bei Kasse. Sein Vater vermietete die große Werkstatt nachts als Garage an Handelsvertreter, die von den Hotels geschickt wurden. Eine DM pro Nacht und Auto. Abends mußten wir oft heraus, öffneten das Tor und kassierten, 50 Pfennig für das Geschäft, die anderen 50 für uns. Es war unser gemeinsamer Verdienst.

Mit sechzehn Jahren hatte Hans schon den Führerschein, eine Ausnahmeregelung für Autohändler. Es läßt sich denken, welche Möglichkeiten wir hatten in einer Zeit, in der es weit weniger Autos gab als heute! Nicht daß wir jeden Tag auf Achse gewesen wären, das nicht, aber von mancher Spritztour könnte man erzählen, von Kirmesfesten und ‚Schweinebällen‘ in den Dörfern der Umgebung, von einem Trip nach Amsterdam oder einem anderen zur Insel Norderney.

Als wir siebzehn waren, machten wir in den Herbstferien eine Busreise an den Rhein. Wir fuhren mit einer Realschulklasse, die fast nur aus Mädchen bestand. Auf dem Gymnasium gab es ja keine Klassenausflüge und nur wenige Mädchen. Auf dieser Fahrt lernten wir unsere ersten ‚festen‘ Freundinnen kennen. ‚Meine‘ war die jüngere Schwester von Michael, und sie war fast so hübsch wie ihr Bruder.

Der Leiter der Exkursion, ein nachsichtiger, älterer Lehrer, durfte nichts merken. Während der Tour waren wir, wann immer es ging, zu viert unterwegs, wir wagten uns voller Neugier in dunkle Weinkeller oder saßen wie im berühmten siebten Himmel auf den Wiesenhängen an der Burg Stahleck über Bacharach. Dort war unser Jugendherbergsquartier.

Gemeinsam ertrugen wir die Rückkehr aus dem Paradies in unser graues Städtchen, wir erduldeten das Geschwätz der Erwachsenen, die uns Dinge andichteten, an die wir nicht im entferntesten dachten.

Unsere Jugendlieben endeten schon nach wenigen Monaten, sie vergingen im Einerlei des Alltags. Sie hielten nicht, obwohl wir noch an zwei oder drei Abenden mit säuerlichem Wein auf einer Bank am Kanal so etwas wie Rheinromantik herbeizuzaubern versuchten.

Der Klatsch in unserer Stadt blühte zu jeder Jahreszeit. Ein Netz von selbstgestrickten Moralgesetzen lag damals über dem Ort und wurde von übereifrigen Tugendwächtern immer wieder neu geknüpft.

Wenn die Leute dennoch wankelmütig wurden und bisweilen der Vernunft anheimfielen, waren es einige geistliche Herren, die von der Kanzel aus die Dinge wieder ins rechte Lot rückten. Besonders während der sogenannten Fastenpredigten. Da wurden Horrorgemälde an Sittenlosigkeit und Unmoral entworfen, es wurde Klage geführt gegen sichtbare und unsichtbare Feinde, es wurde gewettert und gedroht, verurteilt und begnadigt. Namen wurden zwar nicht genannt, aber jeder konnte sich welche denken. Gemeint waren meistens die anderen.

Draußen an der Kirche standen wir bei trübem, regnerischem Wetter vor den Glaskästen und lasen die Mitteilungen. Vor allem interessierten uns die Filmbewertungen. ‚Für Erwachsene mit erheblichen Einschränkungen', eine ‚Zwei mit zwei Sternchen', das war die häufigste Note. Drei Punkte: ‚Abzuraten'. Vier: ‚Abzulehnen'.

Als der Film ‚Sie tanzte nur einen Sommer' in die Kinos kam, gab es eine Protestveranstaltung in der Kirche. Ein Theologieprofessor aus Münster hielt eine flammende Rede gegen Unzucht und nacktes Fleisch.

Wenn es wenig zu essen gibt, wenn man hungert, ist ein Stück Brot eine Köstlichkeit. So ging es uns damals. In einer Wüste von Ereignislosigkeit, einer Öde von Zensur und Verboten und in der Tristesse von Nieselregen und Nebel fanden wir immer wieder unser Arkadien. Kinobesuche vor allem waren die Highlights. Die amerikanischen und englischen Filme, die auch in unserer Stadt dominierten, waren für uns mehr als schöner Schein, sie wurden zu einer zweiten Realität. Wenn Hans und ich abends nach einigem Zaudern kurz vor zwanzig Uhr Bücher und Hefte schlossen und dem nahegelegenen ‚Lichtspielhaus' zustrebten, war unser schlechtes Gewissen ob der unvollendeten Schularbeiten längst verdrängt von der Sehnsucht nach wundersamen Begegnungen, nach Abenteuern in der Südsee und in geheimnisvollen Salons, nach Luxussuiten und Asphaltdschungeln, nach blutigen Ritterschlachten und High Noon im Wilden Westen.

Wir waren an einem Abend Gary Cooper, am nächsten Stewart Granger, wir verführten Rita Hayworth und Marilyn Monroe.

Davon durften unsere Eltern nichts wissen. In die Vorstellungen schlichen wir erst, wenn der Film schon begonnen hatte, und stahlen uns, um nicht erkannt zu werden, vorzeitig hinaus, ehe die Lampen aufleuchteten.

Danach saßen wir wieder in ‚unserem' Wohnzimmer. Umgeben von bunten Filmplakaten und Reiseprospekten hörten wir die Swingmusik des amerikanischen Soldatensenders AFN und träumten uns hinaus in eine andere Welt. Hier durften uns auch Freunde besuchen, sogar Mädchen. Die Eltern von Hans erlaubten es, ihr Zimmer lag auf der anderen Seite des großen alten Hauses. Nur wenn es spät wurde, klopften sie an die Tür.

Meistens diskutierten wir dann, wild und leidenschaftlich. Unter unseren Kameraden gab es so manche trübe Tasse, so manchen hausgemachten Spießer, es galt, sie vor den Kopf zu stoßen und ihre Engstirnigkeit aufzubrechen. Wie beißend war unser Spott und wie begeisterten wir uns an unseren Protesten, auch wenn wir sie nur im Wohnzimmer hinausschrien!

Wieder schaute ich auf das Klassenfoto. Unsere vier Mädchen...
Zwei von ihnen waren Töchter von Gymnasiallehrern, die eine bebrillt und von staksiger Statur, die andere pummelig, mit rotem Haar und einem pfiffigen Gesicht voller Sommersprossen. Unser Direktor nahm sehr ungern Mädchen in sein Gymnasium auf, als alter Lateiner verkündete er unverhohlen sein ‚Mulier taceat in ecclesia‘, daß also Frauen auf höheren Lehranstalten nichts zu suchen hätten, und so sperrte er sich zum Leidwesen etlicher Schülergenerationen gegen alle elterlichen Absichten, weibliche Wesen in seiner Schule anmelden zu wollen. Er verwies dabei stets auf ein etwas dubioses Lyzeum in unserem Nachbarort, das solche Geschöpfe nicht abzulehnen pflegte. Nur Kollegenkinder und deren Verwandte duldete er, und die beiden anderen Mädchen in unserer Klasse gehörten folglich zu dieser zweiten Kategorie.
Sie waren nicht unhübsch. Die eine hieß Angela, die andere Elke, und in diese beiden war ungeachtet ihres täglichen und keineswegs immer nur erfreulichen Anblicks die halbe Klasse verliebt, jene Hälfte von Jungen allerdings, die man als die zu kurz Gekommenen bezeichnen könnte, die es aus vielerlei Gründen nie geschafft hatten, sich weiblicher Gunst zu erfreuen, die eben, wie wir anderen abfällig sagten, noch nichts mit Mädchen gehabt hatten.
Zu ihnen gehörte zweifellos Richard Blome, der Verschollene. Kläglich nahmen sich seine Versuche aus, den Mädchen zu gefallen, ihre Aufmerksamkeit zu erregen und auch nur den leisesten Hauch von Zuneigung zu ergattern. Höhnisch beobachteten wir, wie er, obwohl meist schnippisch zurückgewiesen, immer neue Anläufe nahm, und was er von Süßigkeiten über Tascheschleppen bis zur Anfertigung von Hausaufgaben alles aufbot, um die Herzen der Schönen zu erweichen. Welcher der beiden, das war ihm wohl egal.
Nur wenig stand ihm ein anderer nach, ein bulliger, stoppelhaariger Junge vom Lande, ein Bauernsohn aus der Umgebung, der etwas klein geraten, aber von enormer Kraft war, was sicherlich nicht zuletzt der schweren körperlichen Arbeit zuzuschreiben war, die er auf dem elterlichen Hof zu leisten hatte. Er war ein Stiller, einer, der kaum den

Mund auftat, was ihm trotz seiner Intelligenz und guter schriftlicher Arbeiten schlechte Noten einbrachte, die er mit Stirnrunzeln und grimmigem Blick zur Kenntnis nahm. Er bemühte sich vor allem um Angela, die ihm wegen ihrer großen braunen Augen und, wie er einmal gestand, ebenso ihres Namens wegen so sehr gefiel. Aber auch er erntete spärlich, hatte doch seine Angela nur Augen für Michael, dem er deswegen in einer Mischung von Mißtrauen, Haß und Neid begegnete, voller Verwunderung darüber, daß die Natur so ungerecht gewaltet und diesen Städter derart ausgestattet hatte, daß er leichtes Spiel bei seiner Angebeteten hätte haben können. Trotzdem ließ er in bäurischer Sturheit nicht locker, Mißerfolge und Fehlschläge kannte er genügend aus ländlichem Erleben, und sein Dickschädel ertrug kein Nachgeben.

Wir amüsierten uns manchmal über ihn, aber nicht zu sehr, denn wir fürchteten seinen Jähzorn, mit dem er uns hier und da schon während der ersten Jahre auf dem Gymnasium erschreckt hatte, seltene, aber fulminante Ausbrüche, hinter denen wohl auch die uralte Wut der Bauern auf die Stadtbewohner stecken mochte.

Auf dem Bild war er ganz links außen zu sehen, breit und wie in der Erde verwurzelt stand er da. Mit seinem wuchtigen Kopf wirkte er fast archaisch, der Gerhard Rolfes.

Einige andere aus der Klasse hätten sicherlich auch gern mit den beiden Mädchen angebandelt, aber sie riskierten es nicht. Sie scharwenzelten nur um sie herum, einmal, weil sie sich nicht der Blamage einer Abfuhr aussetzen wollten, zum anderen, weil sie Angst hatten vor Ungewißheiten, vor der bedrohlichen Möglichkeit etwa , mit einer der Begehrten im Park oder sonstwo allein zu sein und dann entweder kein Wort herauszubringen oder vielleicht in etwas hineinzugeraten, das weniger geläufig war als jede mathematische Gleichung oder griechische Vokabel. Welche verheerenden Folgen dieses eigentlich Undenkbare haben konnte, das hämmerten uns die Eltern fast täglich ein. Nur die Sehnsucht blieb, das Verlangen, die Phantasie. Und die Onanie.

Schon bald allerdings sollte es in diesen rebus eroticis, diesen pubertären Liebesränken, zu einer Situation kommen, die zu einem tiefen Zerwürfnis zwischen einigen von uns führte.

Nach dem Abitur, das Hans und mir wie eine Erlösung vorkam, feierten wir die gewonnene Freiheit drei Wochen lang. Unsere Eltern hatten diesmal nichts einzuwenden, und selbst wenn wir erst in der Frühe zu Hause waren, bekamen wir kaum Ärger. Wenn sie gewußt hätten...

Es gab nämlich eine Nacht, in der Michael, Hans und ich von Angela und Elke, die wegen der bestandenen Reifeprüfung ganz aus dem Häuschen waren, zu einer privaten Fete eingeladen waren. Vielleicht wollten die beiden ihren Verehrern eins auswischen, vielleicht auch hatten sie sich für uns entschieden, weil wir ihnen gefielen, weil wir nicht hinter ihnen herliefen oder weil sie glaubten, wir hätten Erfahrung mit Mädchen. Sie trauten uns, besonders Michael, in dieser Hinsicht wohl einiges zu. Die Wohnung Elkes war ‚sturmfrei‘, ihre Eltern waren verreist.

Was an diesem Abend als verlegenes Geplänkel begann, endete fast in einer Art orgiastischer Szenerie. Die Mädchen nämlich verloren beim Wein, den sie überhaupt nicht gewohnt waren, Glas für Glas sämtliche Hemmungen. Gegen Mitternacht lagen sie so gut wie unbekleidet vor uns auf Couch und Sessel. Wir waren daran nahezu unschuldig, aber jetzt hätten wir es tun können, das, wovor uns schon seit Meßdienerzeiten Pfarrer, Lehrer und Eltern ständig gewarnt hatten, das Unsagbare, das, was nur in der Ehe stattfinden durfte!

Nichts dergleichen geschah, und wir rührten uns wenig. Einige halbherzige Knutschereien und flüchtige Berührungen, dann waren die Mädchen so betrunken, daß sanitäre Leistungen gefordert waren. Angela hielten wir über die Kloschüssel, Elke brachten wir ins Bett.

Wenige Tage nach dieser skurrilen Nacht, während der offiziellen Abiturfeier, bedankten sich die Mädchen bei uns und schwärmten von einer tollen Fete.

Richard Blome und Gerhard Rolfes ahnten da schon, was passiert war, und wie sich die Schönen an diesem Abend verhielten, gab ihnen letzte Gewißheit. Der stämmige Bauernbursche starrte uns drei Weiberhelden, vor allem den Michael, voller Haß an, weder reichte er uns die Hand noch wechselte er auch nur ein Wort mit uns. Als bei der Damenwahl Angela sofort auf Michael zulief und ihn zum Tanz aufforderte, verließ Gerhard den Ballsaal, hockte sich im Schankraum an die Theke, stürzte einige Biere hinunter und verschwand schon vor Mitternacht.

Sein Leidensgenosse Richard saß derweil stumm am Ende unseres Klassentisches und schaute resigniert vor sich hin. Er fand sich an diesem Abend offenbar damit ab, daß alle Felle weggeschwommen waren. Ohnehin bedeutete das Abitur ja Abschied, wie der Direktor in seiner Rede betont hatte, Abschied nicht nur von der Schule, sondern von vielem, was lieb und gewohnt sei. Wie wahr!

Als auch Richard vorzeitig ging, schüttelten wir ihm die Hand und wünschten ihm für die Zukunft alles Gute und viel Erfolg. Er sah ein wenig beschämt beiseite. Niemals während der gesamten Schulzeit waren wir so freundlich zu ihm gewesen.

In diesen Wochen lernten Hans, Michael und ich manche Gepflogenheiten in unserer Stadt kennen. Auf unseren nächtlichen Streifzügen landeten wir einmal auch in der Bar des Hotels ‚Zum Schwan'. Jetzt, nach dem Abitur, trauten wir uns dorthin, wo die sogenannte Hautevolee des Ortes verkehrte, wo an jedem Abend gefeiert wurde, als sei unentwegt Karneval. Die Gäste waren überwiegend gutbetucht, Geschäftsleute, Kleinindustrielle und Neureiche aller Couleur. Und Frauen, versteht sich.

Wir nahmen etwas schüchtern an einem Ecktisch Platz. Nach kurzer Zeit schon stach Michael einer blonden Fabrikantengattin ins Auge. Wie dort üblich – wir wußten es nur nicht – setzte sie sich zu uns und begann zu flirten.

Bald konnte Michael sich kaum noch retten. Die Frau war nicht häßlich, etwas üppig vielleicht, aber charmant und sexy. Ihr Mann? Der vergnügte sich an der Bar mit einer jungen Schwarzhaarigen.

Wir stellten uns dumm, spielten die Ahnungslosen, die Entrüsteten.

In weniger als einer Stunde kannten wir die sexuellen Biographien nahezu aller Anwesenden. Leicht beschwipst plauderte die Frau Intimes und Privates jeder Art aus.

„Seht ihr da drüben unseren ‚Goldi'?"

Sie zeigte auf einen schlanken, blondgelockten Mann links an der Bar. Wir wußten, wer er war. Er besaß ein Uhren- und Schmuckgeschäft am Rande der Innenstadt.

„Ein schöner Mann, das müßt ihr zugeben, auch wenn er nicht mehr ganz so jung und knusprig ist wie ihr. Den kann man ab und zu gewinnen."

Wir schauten verständnislos. Sie senkte ihre Stimme. „Beim Ringespiel. Natürlich nicht hier im Hotel, sondern auf internen Partys, wenn wir unter uns sind, wenn wir so richtig in Stimmung sind. Manchmal, wenn wir genug getrunken haben, zieht er sich aus und stellt sich mit dem Rücken an die Wand. Wir Frauen bekommen jede einen farbigen Ring in die Hand, wißt ihr, so wie auf der Kirmes, wenn man auf Glasschälchen oder kleine Teddybären wirft. Wir zielen aber nicht auf solche Andenken" – sie lachte – „sondern auf, na ja, eben auf das, was den ‚Goldi' zum Mann macht.

Damit es klappt, muß er allerdings seinen Teil dazu beitragen. Ich will sagen, der Ring muß sein Ziel nicht nur treffen, sondern auch hängenbleiben. Ich meine, der Ring natürlich!" Wieder lachte sie.

„Ja, und wer gewonnen hat, darf seinen Preis mit ins Bett nehmen. Entweder gleich oder auch später."

Sie spitzte ihre Lippen.

„Ich hab' noch nie gewonnen. Vielleicht wollte ich auch gar nicht. Bei einem so Hübschen wie dir" – sie legte ihre Arme um Michael – „da wäre das natürlich etwas ganz anderes..."

So erzählte sie munter weiter, von diesem und jenem, von der und der...

Sie vergaß nicht zu erwähnen, daß manche der Herren wichtige Ämter bekleideten, und deutete dabei auf jemanden, der im Kirchenvorstand war.

Auch Geschäftliches mußten wir uns unbedingt anhören. Fälle von Korruption, Schiebereien, faulen Krediten und Abhängigkeiten, die mit fragwürdigen Gefälligkeiten honoriert wurden.

Waren wir irritiert oder schockiert? Ich glaube nicht. Was wir bis dahin nicht wußten, hatten wir längst geahnt oder irgendwo schon mal gehört. Wir waren weniger überrascht, als die attraktive Fabrikantin erwartet hatte.

Als wir gingen, mußte Michael versprechen, wiederzukommen. Er hat diese Frau auch noch einige Male getroffen. Was passierte, hat er uns nie gesagt.

Einige Monate später ging jeder von uns seinen eigenen Weg. Die meisten ließen sich an Universitäten einschreiben, andere entschieden sich für irgendwelche Verwaltungsberufe. Hans Keding wollte eine Kfz-Lehre machen und danach vielleicht noch studieren, ehe er irgendwann den väterlichen Betrieb übernehmen würde.

Ich begann ein Jurastudium, zunächst in Münster, dann in Marburg. Zwar war ich in den Semesterferien noch zu Hause, war während dieser Zeit auch oft mit meinem Freund zusammen, aber irgendwie entfremdeten wir uns. Er lernte in einer Kfz-Firma im Nachbarort und stöhnte, er hause in Schmieröl und Dreck, habe kaum Abwechslung und käme weder zum Lesen noch zu dem, was wir Geist oder Esprit nannten. Das ewige Arbeiten an den Autos stumpfe ihn ab, schimpfte er, abends sei er hundemüde und zu nichts anderem fähig als zu essen und zu schlafen.

Tatsächlich bemerkte ich außer den von ihm beklagten Kulturdefiziten, daß er sich manchmal absichtlich aggressiv verhielt, als wolle er mich und andere damit ärgern. Aber das war es nicht, sondern es lag daran, daß ich ganz anders lebte als er, daß ich studierte, daß ich in der Universitätsstadt neue Kommilitonen kennenlernte und vor allem, daß wir uns monate- und später jahrelang kaum noch trafen. Eine große Jugendfreundschaft ging so zu Ende.

Zunächst aber waren wir uns noch nahe, wenn ich, wie gesagt, während der Ferien daheim war und im Tiefbau schuftete, um Geld zu verdienen.

In diesen ersten Jahren nach dem Abitur erfuhren wir so allerlei Neues, wir hörten interessante Geschichten. So zum Beispiel über Michael. Er hatte die Heimatstadt während seines Studiums nach einem gewissen Vorfall fast fluchtartig und auf Nimmerwiedersehen verlassen, weil er sich bei einigen einflußreichen Leuten unbeliebt gemacht hatte.

Er war in den Semesterferien in einer Sache aktiv geworden, die manchen nicht paßte. Im Rahmen eines ,Studium generale' hatte er eine Vorlesung über die Verbrechen der NS-Diktatur belegt und Eugen Kogons Buch über den ,SS-Staat' gelesen. Das Thema hatte ihn sehr beschäftigt, ja geradezu überwältigt.

In der Zeit lernte er einen Gleichgesinnten kennen, einen jungen Bibliothekar, der in der städtischen Bücherei angestellt war und der mehr im Sinn hatte als nur Lesestoff auszuleihen. Mit ihm zusammen begann Michael zu recherchieren, was während der Hitler-Jahre mit den Juden in unserer Stadt geschehen war.

Es war wohl zu früh für Nachforschungen dieser Art. Als die beiden mit Notizblöcken und Fotoapparat vor Geschäftshäusern in der Innenstadt auftauchten, die einst Juden gehört hatten – der Bibliothekar hatte aus dem Archiv verborgene Wahrheiten ans Licht gebracht – gab es Aufsehen und Gerede.

Arische Geier waren in jenen unseligen Jahren auch bei uns eingeflogen und hatten nach dem Progrom von 1938 so manches wohlfeile Schnäppchen gemacht.

Jetzt, nach Weltkrieg und Wirtschaftswunder, saßen einige von ihnen an den Honoratiorentischen und sogar im Stadtrat.

Die jungen Forscher wurden beargwöhnt und unreifer Neugier geziehen. Kaum jemand unterstützte sie. In den Redaktionräumen der lokalen Presse wurden sie hingehalten und vertröstet, vielleicht könne man ja im November, im Gedenken an die Reichskristallnacht, etwas bringen, natürlich ohne Namen oder so...

Aber die zwei machten weiter und verfaßten einen langen Bericht, mit Fotos und Kopien prekärer Dokumente. Sie nannten Namen und waren drauf und dran, den Zündstoff auf eigene Faust zu veröffentlichen, als bei Michaels Eltern Drohungen eingingen und dem Bibliothekar eine Kündigung in Aussicht gestellt wurde.

Michael hatte genug, gab auf und verließ die Stadt. Er versäumte jedoch nicht, einigen Leuten zu sagen, was er dachte, und zu betonen, daß die Aktion irgendwann nachgeholt würde.

Seitdem hatte ihn niemand mehr gesehen. Gemunkelt wurde allerdings, er habe eine Affäre mit der Frau eines Fabrikanten gehabt und sei deshalb aus der Stadt fortgegangen.

Die Sensation aber war Richard Blome, und über sein Verschwinden wurde lange gerätselt. Er war nach dem Abitur im Ort geblieben, hatte überraschend früh geheiratet und nicht studiert. Jeder nahm an, er habe Lehrer werden wollen, das erschien fast selbstverständlich, so wie sich immer gab. Außerdem hatte er diesen Berufswunsch in der Schülerkartei angegeben.

Statt dessen bewarb er sich nach einer Lehre in der Stadtverwaltung bei einer großen Ölbohrgesellschaft und wurde dank Abitur und väterlicher Beziehungen auch eingestellt. Wie schlecht es ihm dort ergangen sein muß, berichtete mir später einmal mein Freund Hans Keding.

Die Ölfirma pflegte für die Niederlassung in unserem Heimatort Mercedes-Pkw zu ordern, ein sicheres und willkommenes Geschäft für Hans, der inzwischen in das elterliche Autohaus eingestiegen war, das der Vater vor einigen Jahren draußen vor der Stadt zu einem großen Betrieb ausgebaut hatte. Alljährlich etwa im April, erzählte mir der Freund, sei er im Büro des Filialchefs der Gesellschaft, um in lockerer und fast freundschaftlicher Atmosphäre die neuen Lieferverträge zu unterschreiben.

Vor kurzem aber, so Hans, sei dabei Überraschendes, ja Peinliches geschehen.

„Ich sitze dem Chef, einem Herrn Dr. Heider, gegenüber, wir prosten uns nach dem Abschluß mit einem Cognac zu, da kommt plötzlich der Richard Blome herein, unser Richard. Ich glaube, er hat mich zunächst gar nicht gesehen. Als er sich dem Schreibtisch näherte, herrschte Heider ihn sofort an.

‚Blome, Mensch, welchen Mist haben Sie da wieder gemacht! Was fällt Ihnen ein, eine solch miserable Aufstellung vorzulegen? Haben Sie nie etwas von exakter Planung gehört? Sind Sie zu so etwas nicht fähig? Ist das zu schwierig für Sie, obwohl Sie doch schon längere Zeit bei uns sind? Wann werden Sie es endlich kapieren, Sie als Abiturient?'

So ging es weiter, nur wurde der Ton schärfer und die Wortwahl beleidigender. Für mich war es sehr unangenehm, denn Richard hatte mich inzwischen bemerkt. Wie furchtbar für ihn, in meiner Gegenwart derart abgekanzelt zu werden! Welcher Teufel ritt den Heider, so mit dem armen Kerl umzuspringen? Natürlich wußte er nicht, daß der übel Gemaßregelte mein Klassenkamerad gewesen war. Wollte Heider sich vor mir aufspielen oder hatte Richard tatsächlich so schlampig gearbeitet, daß mein Geschäftspartner derart grob wurde?

Der ewige Pechvogel verließ den Raum mit hochrotem Kopf. Weder er noch ich hatten uns zu erkennen gegeben, und auch danach verriet ich Dr. Heider nichts. Aber die Sache interessierte mich. Ich erkundigte mich bei meinem Gegenüber, und er gab mir bereitwillig Auskunft. Der Mann, sagte er, sei ein Unglücksrabe, an sich wohl intelligent, aber unfähig, unmöglich, für die Firma eigentlich nicht tragbar. Er habe den falschen Beruf gewählt, Beamter hätte er werden sollen. Für diesen Betrieb jedenfalls sei er völlig ungeeignet. Man könne ihm keinerlei Verantwortung übergeben, und entsprechend niedrig sei sein Gehalt. In schlechteren Zeiten, so schloß Heider, werde man ihn entlassen müssen.

Ein wenig bestürzt hatte ich zugehört, ließ mir aber nach wie vor nichts anmerken. Welch unglücklichen Weg war Richard gegangen! Ich nahm mir vor, ihn demnächst einmal anzurufen, um ihm irgendwie zu helfen.

Ehe ich es tun konnte, hörte ich dann, daß er verschwunden sei. Eines Tages war er, nachdem er seine Wohnung verlassen hatte, bis mittags in der Firma nicht erschienen. Ein Anruf bei seiner Frau löste schnell Panik aus, weil bei Richard privat auch nicht alles zum besten stand. Unter anderem wußte man, daß seine Frau einen Liebhaber hatte. Sein kleines Kind werde vernachlässigt, hieß es, der Haushalt sei verschuldet, und er lasse beim Kaufmann anschreiben. Da war eine Kurzschlußreaktion nicht undenkbar, und so wurde die Polizei eingeschaltet, um den vermeintlichen Selbstmordkandidaten aufzuspüren und das Schlimmste zu verhindern. Aber nie wurde seine Leiche gefunden, nie entdeckte man die geringste Spur von ihm, nie mehr gab es ein

Lebenszeichen. Nach der üblichen Zeitspanne wurde die Suche eingestellt, nur eine Vermißtenanzeige wurde aufrechterhalten..."

Als Hans mir das alles erzählt hatte, war er nachdenklich und niedergeschlagen gewesen. Er warf sich damals vor, nichts unternommen und den Blome verraten zu haben.

Viel Zeit war seitdem vergangen. In den letzten Jahren hatte ich mit meinem Freund kaum noch Kontakt gehabt. Wie mochte es ihm gehen?

Hagen Fresenius...

Ich brauchte eine Lupe, um ihn auf dem Foto zu erkennen. Dabei war er keineswegs unauffällig, groß, bleich und hager, wie er war. Er saß in der mittleren Reihe neben unserem Klassenlehrer, und obwohl man ihn nur von vorn sah, war sofort seine Hakennase gewärtig. Der stechende Blick, mit dem er alle fixierte und der selbst einigen Lehrern unheimlich war, wurde vom Gilb des Papiers kaum gemildert.

Außer seinem seltsamen Namen hatte es noch eine andere Bewandtnis mit ihm. Sein Vater nämlich hatte zur Elite des Dritten Reichs gehört, zur militärischen Elite allerdings. Er war ein bedeutender General gewesen, den es nach dem Krieg in unsere Stadt verschlagen hatte. Nach obligatem Prozeß und fälliger Haftstrafe war er wie so viele seinesgleichen von den Alliierten vorzeitig amnestiert und freigelassen worden. Trotz seiner 131iger Offizierspension mußte es ihm im halbierten Deutschland aber wohl nicht mehr gefallen haben, jedenfalls war er ausgewandert, nach Südamerika, und zwar nach Argentinien, wie wir voller Staunen vernahmen, als der bleiche Junge mit dem komischen Namen in unsere Klasse kam. Der Generalssohn wohnte bei einer Tante und sollte den Eltern, wenn alles gut ginge in Südamerika, nach dem Abitur in die Fremde folgen. Irgendwie umgab ihn etwas Exotisches, weil er so ganz anders lebte als wir in unseren biederen Elternhäusern, dazu mit der Aussicht, in wenigen Jahren in eine ferne Welt zu gehen, die wir nur aus Reisebüchern und unserem reichlich faden Geographieunterricht kannten.

Fresenius war verschlossen, stolz und rechthaberisch, was wohl mit seinem Vater und den eigentümlichen Lebensumständen zusammenhing. Als er zu einem der Längsten in der Klasse heranwuchs, wurde er gehörig respektiert und nicht zuletzt auch wegen seiner mathematischen Intelligenz geachtet. Er blieb aber immer ein Einzelgänger, der sich vor den Lehrern weniger fürchtete als sie sich vor ihm.

Nach dem Abitur wanderte er tatsächlich zu den Eltern aus, die in der argentinischen Pampa eine große Rinderfarm aufgebaut haben sollten. Nie wieder hörten wir von ihm.

Auch über die anderen aus der Klasse hatte ich in all den Jahren wenig oder gar nichts erfahren. Welche drei mochten wohl gestorben sein, wie Walter Franke schrieb? Sicherlich wollte er uns mit dieser Geheimnistuerei in die Heimatstadt locken.

Ein wenig schwankte ich jetzt, da ich mich in die Jugendtage verloren hatte. Sollte ich nicht doch fahren?

Ach was! Ich legte das Foto beiseite und schaltete den Fernseher ein. Spätnachrichten. So lange hatte ich also den Erinnerungen nachgehangen...

Meine Frau Christina kam ins Zimmer. Sie sah das Foto auf dem Tisch, und ich mußte ihr alles erklären. Sie fragte, ob auch Ehefrauen oder Freundinnen zu dem Fest eingeladen seien. Daran hatte ich nicht gedacht. Ich kramte den Brief noch einmal hervor, und wirklich, in einem Zusatz auf der Rückseite stand es, herzlich willkommen seien auch...

Ich spürte, daß meine Frau nicht abgeneigt war, sagte ihr aber, daß ich mich wohl nicht anmelden werde Die Einladung ließ ich mitsamt dem Foto in der hintersten Schublade meines Schreibtisches verschwinden.

Ungefähr acht Wochen später rief mich ganz überraschend Walter Franke an. Ich war erstaunt. Etwas aufdringlich und reichlich unvermittelt fragte er, warum ich mich noch nicht zum Treffen entschlossen habe, es sei doch höchste Zeit. Nahezu alle hätten zugesagt, auch Michael und Jürgen kämen, dazu Gerhard Rolfes und einige sogar von weither, selbst der Hagen aus Argentinien. Und die Mädchen von damals. Mein alter Freund Hans, der ja noch im Ort wohne, hätte sich schon nach mir erkundigt. Jetzt müßte ich mir einen Ruck geben und dürfe nicht mehr warten. Am besten, ich sagte gleich ja.

Ich konnte gar nicht nachdenken, so fordernd klang die Stimme des Klassenkameraden, mit dem ich seit fünfundzwanzig Jahren nicht mehr gesprochen hatte. War ihm die Sache so wichtig?

Er mußte bemerkt haben, daß ich verärgert war, denn am Schluß bat er mich um Entschuldigung und flehte fast, ich möge doch mitmachen, es liege ihm daran, daß alle dabei seien. Ich vertröstete ihn und gab ihm zu verstehen, daß ich noch überlegen müsse, ihm aber bald Bescheid geben werde.

Was blieb mir jetzt übrig? Meine Frau war dafür, und der Tierarzt würde sich bestimmt bald wieder melden und drängen. Außerdem war ich jetzt neugierig. Hoberg, Sievers, Fresenius und Rolfes würden in der Heimatstadt sein? Und Hans Keding hatte nach mir gefragt? Die Mädchen? An die Fünfundvierzig mußten sie jetzt sein. Was war aus ihnen und all den anderen geworden?

Nach zwei Tagen rief ich Walter Franke an und sagte ihm, daß ich zusammen mit meiner Frau kommen werde.
Hätte ich geahnt, was auf diesem Klassenfest geschehen würde, ich hätte es nicht getan...

Das Wetter war nach einem grauslichen April nicht schlecht in den ersten Tagen des Mai, als Christina mich an das Treffen erinnerte. Ich hatte es vor lauter Terminen und Prozessen vergessen. In einer Woche also...

Ein kurzer Urlaub ließ sich einrichten, meine beiden Sekretärinnen arbeiteten zuverlässig viele Jahre schon bei mir und kannten sich in allen Vorgängen aus. Außerdem würde ich am Montag nach dem Fest wieder in der Kanzlei sein. Ich verabschiedete mich von ihnen am Donnerstagnachmittag, wobei sie meiner Frau und mir ein schönes, nostalgisches Wochenende wünschten.

Als wir am nächsten Morgen nach dem Frühstück aufbrachen, war das Wetter angenehm wie selten. Ich startete den Wagen, und über die Sauerlandlinie ging es in Richtung Norden, der alten Heimat entgegen, die ich seit den Jugendtagen kaum noch gesehen hatte. Die Eltern waren vor vielen Jahren schon aus der Stadt fortgezogen und lebten bei meinem Bruder in Süddeutschland.

Hinter Münster verließen wir die Autobahn und durchfuhren von da an das flache Land auf Nebenstraßen.

Alles erinnerte mich jetzt an die Vergangenheit. Die vorüberziehenden Pappeln und Erlen in den Flußauen, die vereinzelten Wälder mit den etwas kümmerlichen Kiefern, die von Hecken umzäunten Weiden mit den schwarz-bunten Rindern, die verstreut liegenden, von Eichen umstandenen Bauernhöfe, der weite Himmel mit den Wolkentürmen. Als wir unserem Ziel näherkamen, verdichteten sich die Eindrücke, und fast jeder Blick in die Landschaft ließ mich an früher denken.

An einem dünenartigen, mit Wacholdern bewachsenen Gelände nicht weit vor unserer Stadt hielt ich an. Von einem kleinen Parkplatz aus stapfte ich durch den Sand, stieg auf eine niedrige Anhöhe und schaute auf unseren gemächlich dahinströmenden Fluß. Hier hatte sich wenig verändert seit damals, da wir im Sommer an fast jedem schönen Tag mit unseren Fahrrädern hinausfuhren zu dieser idealen Badestelle mit dem steilen, gelben Ufer.

Wir schwammen manchmal stundenlang, ließen uns dann erschöpft in den Sand fallen, sprangen nach einer Weile wieder auf und stießen uns über die weichen Hänge gegenseitig ins Wasser hinab. Die Mädchen machten mit, sie wurden fast mehr gejagt als wir, aber wenn sie aus dem Wasser kamen und sich mit ihren klatschnassen Badeanzügen in unsere Nähe legten, warfen wir heimliche Blicke auf ihre Körper, auf die sich deutlich abzeichnenden Brüste mit den Knospen und auf ihre Schamhügel. Sie taten, als bemerkten sie es nicht, und sie unternahmen nichts, um unsere Neugier zu lindern. Abends radelten wir zurück nach Hause und aßen Unmengen von Broten mit Tomaten. Die wuchsen kostenlos im Garten.

Die Gegend hatte wenige Jahre zuvor noch eine andere Bedeutung gehabt. Sie diente in der Zeit des Dritten Reichs gewissermaßen als ‚Truppenübungsplatz‘, als Gelände für die Kriegsspiele der Hitlerjugend unserer Stadt.

Auch daran mußte ich denken, während meine Frau etwas mühsam auf ihren Stöckelschuhen zu mir hochkletterte. Ich zeigte ihr die Stelle, an der ich als ganz junger Pimpf bei einem solchen Geländespiel einmal die Ehre hatte, von älteren, richtigen ‚Ha-Jotlern‘ kräftig verprügelt und meines blauen Armbandes beraubt zu werden, was den augenblicklichen ‚Exitus‘ zur Folge hatte. Wehe dem, der die Spielregeln mißachtete und nicht auf dem gegen Abend kalt werdenden Boden liegend und sich totstellend wartete, bis ein grelles Trompetensignal das Ende der Veranstaltung anzeigte! Unter dem Gejohle der ‚Sieger‘, jener also, die mit allerdings höchst zweifelhaften Methoden ihren Armschmuck gerettet hatten, mußten wir Jämmerlinge uns einreihen in die Schar der Verlierer und wurden ausgiebig dem Hohn und Spott der Chargierten, der Jungzug-, Fähnlein- und wer weiß noch welcher Anführer ausgesetzt. Vor allem straften uns der verächtliche Blick und die Rede des Bannführers, der ja einem Gott gleichkam.

Nur zwei Jahre lang war es mir vergönnt, den braunen Horden anzugehören, dann war es vorbei. Wie zwiespältig jene Endzeit des Reichs und der Sieg der Alliierten, das phantastische Chaos der ersten Besatzungswochen und das Hinwegfegen aller bisherigen Autoritäten, Wertmaßstäbe und Regeln auf uns Jungen wirkte, ist unvorstellbar.

Stolz war man gewesen auf die Uniform, die man als zehnjähriger Pimpf erhalten hatte, auf das braune Hemd mit den Abzeichen, auf die schwarze Manchesterhose, das Halstuch, den Lederknoten und das Koppel mit dem Schulterriemen. Alles hatte die Mutter ohne zu murren bezahlt, obwohl sie keineswegs begeistert war von den Nazis.

Bald jedoch, schon vor der Schmach in den Wacholderdünen, hatten wir zu zweifeln begonnen an all dem Hehren, Großartigen, das uns in der Schule und während der HJ-Stunden vorgegaukelt wurde. Ich war ja damals bereits mit Hans zusammen, und viele aus der Klasse dachten ähnlich. Nur laut darüber zu reden wagte niemand.

Täglich waren die Zeitungen auf den Rückseiten voll von Todesanzeigen mit dem schwarzen Ehrenkreuz, während die vorderen Seiten mit siegreichen Schlachten und grandiosen Erfolgen protzten. So dumm, daß wir den Widerspruch nicht bemerkten und dazu noch manches von der BBC aufschnappten, waren wir Pennäler nicht. Auch damals schon gab es eine heimliche Ablehnung all dessen, was die Erwachsenen taten und sagten.

Und die häufigen Fliegeralarme stärkten keineswegs die Kampfmoral an der Heimatfront, sondern eher das Gefühl, daß bald alles zu Ende sein würde, wobei man hoffte, dann noch unter den Lebenden zu weilen. Im Jahre 1943 heulten die Sirenen immer öfter, 1944 an jedem Tag. Meistens begrüßten wir das nervende Signal zum Ärger unserer Lehrer mit Freudengeschrei, wenn wieder einmal und stets häufiger der Unterricht im Gymnasium unterbrochen wurde. Sofort ging es für die Schüler aus der näheren Umgebung ab nach Hause, die anderen mußten in den Luftschutzkeller der Schule.

Unsere Stadt wurde zwar selten bombardiert, Tag und Nacht jedoch dröhnten die Luftgeschwader der Engländer und Amerikaner über die holländische Einflugschneise in unser Land hinein. Ganze Flottillen schwebten in großer Höhe über uns dahin, nahezu unbehelligt auch bei klarstem Wetter.

Wir kannten alle Flugzeugtypen, von der ‚Lancaster' bis zur ‚Flying Fortress', dem nahezu unverwundbaren amerikanischen Riesenbomber, dazu die Begleitjäger, die ‚Spitfires'. Wir beobachteten die ‚Lightnings', die ‚Mosquitos' und auf deutscher Seite die ‚He 110', den ‚Stuka Ju 87', die ‚Me 109' oder die ‚Focke Wulf'. Es war unter uns Jungen fast ein Sport, sie alle so schnell wie möglich benennen zu können.

Der Krieg als Spiel?

Eines Tages erlebten Hans und ich die brutale Wirklichkeit. Es war, als Willemsens Haus in Schutt und Asche fiel.

Herr Willemsen war Postbeamter und bei seinen Freunden, Bekannten und Nachbarn sehr beliebt. Aus dem ersten Weltkrieg hatte er als Andenken ein steifes Bein mitgebracht und war deshalb wehruntauglich. Er hatte fünf Kinder, zwei Söhne und drei Töchter, die Mädchen waren zwischen zwölf und achtzehn Jahre alt. In einem Stadtteil nicht weit von einer Landmaschinenfabrik entfernt hatte er mit Hilfe einer Erbschaft ein kleines Eigenheim gebaut.

Wurde ihm zum Verhängnis, daß sein Haus in der Nähe der Fabrik lag? Die Leute wußten, daß in dieser Gegend Gefahr drohte, vor allem, wenn ein Bomberpulk seine Last nicht hatte ins Ziel bringen können und nun auf dem Rückflug kurz vor der Grenze unsere Stadt angriff.

So geschah es an einem Oktobertag des Jahres 1944.

Ganz tief kamen die Flugzeuge heran, überraschend für die Flugabwehr. Die jungen Flakhelfer an den Vierlingsgeschützen und Kanonen hatten viel Angst und wenig Erfahrung. Ein Höllenfeuer ohnegleichen brach los, unerträglich laut donnerten die überdrehten Flugzeugmotoren, dann die grell hackenden Salven der Flak, das Aufheulen beim Hochreißen der Maschinen und direkt danach die dumpf metallischen Bombeneinschläge. Wir saßen im Luftschutzkeller, die Älteren murmelten Gebete, wir zitterten und verkrampften uns, wenn der Boden wackelte, das Licht zu flackern begann und Staub in den Raum drang. Wir atmeten auf, wenn es für Momente ruhiger wurde. Dann erneut das Sichducken, Kopfeinziehen, Ohrenzuhalten.

Und wieder Ruhe, gespenstische Ruhe. Das ganze hatte nur wenige Minuten gedauert, aber uns war es sehr lange vorgekommen.

Wir gingen nach oben, aus dem stickigen Keller an die Luft. Schnell wie ein Brand kam die Nachricht: Willemsens Haus ist getroffen worden!

Hans und ich rannten in Richtung Landmaschinenfabrik. Es war ein sonniger Tag gewesen, jetzt begann es zu dämmern, es wurde kühl. Schon von weitem sah man die Unglücksstelle. Hunderte von Menschen umstanden wie ein Wall das völlig zerstörte Haus, aus dem Staub und Rauch aufstiegen. Wir Kinder drängten uns durch, waren bald in der ersten Reihe.

Ein riesiger, kegelförmiger Haufen von Steinen, Kacheln, Balken, Rohren und geborstenen Dachziegeln türmte sich vor uns auf. Helfer, Feuerwehrleute und Männer vom Roten Kreuz arbeiteten hektisch auf dem Trümmerberg, denn alle sagten, unten im Keller seien die Willemsens eingeschlossen, der Vater, die drei Töchter und ein Sohn. Die Mutter und der zweite Sohn, das wußten die aufgeregten Nachbarn, seien verreist, zu Verwandten auf dem Dorf. Man müsse ihnen schnell Bescheid geben, sie holen.

Ein Feuerwehrmann hob die Hand, die Retter richteten sich auf, die Menge schwieg atemlos. Ohnehin waren alle ganz leise, wie gelähmt.

Man hörte deutlich ein Klopfen, regelmäßig, aus der Tiefe, als schlüge jemand auf einen Stein oder auf Metall. Das war das Zeichen, sie lebten! Schnell weitergraben, wühlen, aber vorsichtig, es bestand höchste Einsturzgefahr. Schweres Gerät konnte man nicht einsetzen, nur mit den Händen und Schaufeln ging es, ganz langsam jetzt, behutsam.

Die Menge blieb, als man ringsum Fackeln entzündete. Im Stadtteil war seit dem Angriff der Strom weg. Scheinwerfer der Feuerwehr beleuchteten die Szene.

Dann, nach etwa einer Stunde, plötzliche Bewegung. Man hob etwas aus den Trümmern heraus, legte jemanden auf eine Bahre, trug ihn an der Menge vorbei zum Krankenwagen, und jeder erkannte den Menschen. Kein Zweifel, es war Herr Willemsen! Aber wie sah er aus! Weiß die ganze Gestalt, das Gesicht, die Haare, weiß von Kalkstaub, wie man nach und nach begriff. Und er zuckte, zappelte, die Hände schlugen hin und her. Wie irre und zugleich teilnahmslos war sein Blick.

Weiter ging die Rettungsschlacht. Immer hastiger wurden die Aktionen der Männer, dann hielten sie inne und lauschten. Wieder glaubten sie, ein jetzt leiser werdendes Klopfen zu vernehmen. Plötzlich ein Schrei, dann Rufen, Kommandos, eiliges Davonrennen – was war geschehen?

Eine Entdeckung, eine grausame Erkenntnis. Aus einer Trümmerspalte quoll Wasser hoch, es breitete sich schnell aus – Rohrbrüche im Haus, im Keller. Daran hatte man nicht gedacht!

Sofort wurde das Wasser an den Abzweigschiebern, den Verbindungsstellen, abgedreht. Doch es war zu spät.

Als man eine Stunde danach, gegen 23 Uhr schon, in den überall zerstörten Keller eindringen konnte, fand man die Kinder. Die drei Mädchen eingeklemmt in verkeilten Ecken, aber nicht erschlagen von Balken oder Beton, sondern ertrunken, erstickt im Leitungswasser, das höher als die Köpfe der Ärmsten gestiegen war. Sie hatten sich nicht befreien können. Der Junge lag unter einer Mauer begraben, ihm waren viele Qualen erspart geblieben. Nur wenige Menschen waren noch dabei, als man die Leichen barg.

Auch Hans und ich waren gegangen, wir waren durch fremd gewordene Straßen nach Hause gestolpert. Zerissene Äste, Laub und zersplittertes Holz lagen überall herum, und es roch komisch, wie in einem Chemiewerk. Viele Häuser waren beschädigt, keine Fensterscheibe mehr heil.

Mit Würgen im Hals mußten wir an die drei Mädchen denken, die wir gut kannten, und an den kleinen Jungen. Ertrunken im eigenen Haus, diese Angst, dieses langsam steigende Wasser, die Geräusche und die Rufe der Helfer. Die Aussichtslosigkeit...

Noch mehrfach gab es Bombenangriffe auf unsere Stadt, aber nie wieder war alles so grauenhaft wie bei den Willemsens.

In dieser Zeit hörte ich auch die ersten Gerüchte über irgendwelche Lager, in denen schreckliche Dinge geschähen. Ein Onkel von mir, der in unserer Nachbarstadt lebte, war von der Ostfront nach Hause gekommen, nachdem er längere Zeit schwer verwundet im Lazarett gelegen hatte. Im Kreise von Verwandten, derer er sich sicher sein konnte, hatte er bruchstückhaft von Greueltaten und sogenannten Konzentrationslagern in Polen berichtet. Keinem dürfe ich das verraten, sagte mir meine Mutter, als sie sich einmal zu Hause während des Abendessens verplapperte.

Außer Hans, dem ich damit meine Freundschaft beweisen wollte, erfuhr es niemand. Doch allzu lange wurde unsere Fähigkeit zu schweigen nicht auf die Probe gestellt, denn Ostern 1945 stand der Feind vor unserer Stadt.

In den Tagen davor konnte man das totale Chaos besichtigen, denn deutsche Truppen aller Art, Panzersoldaten und Luftwaffenangehörige, Infanteristen und Artillerie wälzten sich in wildem Durcheinander über unsere Hauptstraße, völlig ungeordnet, haltlos, auf der Flucht. Zwischen ihnen Panzer, Sturmgeschütze, Haubitzen, dann der Troß mit Lastwagen und Pferdefuhrwerken.

Ein grau-grüner Lindwurm, bange begafft von den Einwohnern, die nicht begreifen konnten, was aus der ruhmreichen Wehrmacht geworden war.

Versprengte SS-Einheiten und fanatische HJ-Gruppen, dazu einige rasch verpflichtete Volkssturmmänner verschanzten sich nach diesem gespenstischen Durchmarsch in der Stadt und erklärten sie zur ‚Festung‘. Die Lage an Kanal und Fluß war ja auch zu günstig.

Der Ort handelte sich dafür fünf Tage Granatenbeschuß ein, dann war er sturmreif. Der unsinnige Widerstand brach zusammen, die letzten SS- und HJ-Nester wurden mit auf Panzern montierten Flammenwerfern ausgebrannt.

Die Menschen in der Stadt, soweit sie nicht vorher wie wir aufs Land geflüchtet waren, überstanden das Inferno in ihren Kellern und Bunkern, betend und zitternd vor Angst.

Dann überschwemmten andere die Straßen. Die Sieger.

Mit einer geradezu überwältigenden Zahl von Fahrzeugen drangen sie in die Stadt ein, Panzer auf Panzer, Artilleriegeschütze, Lastwagen und Jeeps in unübersehbarer Menge. Die Bevölkerung hielt sich zunächst versteckt, nur wenige Mutige standen staunend und eifrig kommentierend an den Straßenecken.

Die Stadt war übel zugerichtet, Straßen und Plätze übersät mit Steinbrocken, zerborstenen Dachziegeln und abgefetzten Ästen, hier und da noch aufgerissen von Granateneinschlägen. Die Fassaden der Häuser durchlöchert von Splittern, offene Dächer, kaputte Fenster, manche Gebäude durch Feuer vernichtet.

An einigen flatterten noch die weißen Fahnen. Überall zerstörte Fahrzeuge und verbranntes Gerät, fortgeworfene Waffen und Uniformteile. Man erschrak, wenn man am Straßenrand die grotesk aufgeblähten Kadaver von erschossenen Pferden sah. Vereinzelt lagen noch tote Soldaten wie Stoffbündel in Vorgärten und an Häuserecken. Sie wurden schnell und notdürftig bestattet.

Es kam zu Plünderungen, Rücksichtslose nutzten das Durcheinander der ersten Stunden und Tage, und erst die rasch etablierte Militärregierung verhinderte Schlimmeres.

Aber es war für uns das Ende des Krieges. Wir freuten uns, daß die Bombennächte jetzt vorbei waren, daß etwas Neues kam und vor allem, daß die Schule so bald nicht wieder beginnen würde...

Ich nahm meine Frau an die Hand und ging mit ihr durch die Dünen zurück zum Auto. Sie war zehn Jahre jünger als ich und hatte diese Zeit nicht erlebt.

Wir fuhren stadteinwärts. Weit eher als früher säumten Häuser und Siedlungen die Ausfallstraße. Natürlich, der Ort war gewachsen seit damals, enorm sogar, die Zahl der Einwohner sollte sich fast verdoppelt haben. Trotzdem, die Innenstadt war mir vertraut, als wir sie auf dem Wege zum Hotel durchquerten. Hier sah es bis auf einige Neubauten von Banken, Versicherungen und Geschäften aus wie zu meiner Jugendzeit.

Ich bog in den Innenhof des ‚Schwan' und parkte den Wagen in der Nähe des Hintereingangs. Das Hotel kam mir kleiner vor als früher, obwohl es immer noch, wie Walter Franke am Telefon versichert hatte, das erste und größte Haus am Platze sei. Die Dame an der Rezeption kannte ich nicht, ebenso wenig einige andere Angestellte, von denen einer sich um unser Gepäck kümmerte. Fünfundzwanzig Jahre waren halt vergangen, wahrscheinlich hatte auch der Besitzer gewechselt. Nach der Eintragung – Walter hatte wie verabredet für uns reserviert – fragte ich die freundliche Dame, ob schon andere aus unserer Klasse angekommen seien. Sie wußte sofort Bescheid und bejahte, meinte allerdings, alle seien noch nicht da. Es sei ja auch erst später Mittag, und im Laufe des Nachmittags würden die letzten wohl eintreffen. Die meisten Gäste hielten sich in ihren Zimmern auf, um auszuruhen.

Genau das wollten auch wir. Wir ließen uns die Schlüssel geben und bezogen unser Zimmer, einen hellen, schön eingerichteten Raum mit allem üblichen Komfort. Gegessen hatten wir schon kurz vor Münster in einer Raststätte, aber ein Kaffee konnte gut tun. Ich bestellte per Telefon zwei Kännchen, dann legte ich mich aufs Bett.

Ein Mädchen kam herein und brachte das Gedeck. Meine Frau setzte sich in einen Sessel, ich blieb liegen.

Sie schenkte sich eine Tasse ein.

„Du hast mir eigentlich nie viel von früher erzählt", meinte sie, „am wenigsten aus deiner Kindheit und Jugend, sondern eher von deinen Studentenjahren. Ich würde gern noch mehr hören von damals, besonders, weil wir jetzt in dieser Stadt sind, die mir irgendwie fremd und eigenartig vorkommt."

Ich war überrascht und freute mich über ihr Interesse, denn immer noch war ich wie eingesponnen in die Vergangenheit – kein Wunder nach den Eindrücken der letzten Stunden. Ich erzählte weiter.

„Fremd und eigenartig, ja, so kam auch uns damals alles vor, als die Engländer und Kanadier die Stadt besetzt hatten. Mein Freund Hans und ich waren wie fast alle Jungen ständig draußen, denn die Welt war anders und sehr seltsam geworden. Die Stadt hatte sich in einen einzigen Abenteuerspielplatz verwandelt. Überall lagen die tollsten Dinge herum, Pulver, Munition, Waffen und Geräte, die wir nie vorher gesehen hatten und von denen wir oft nicht wußten, welchem Zweck sie dienten.

Und die Lager der Besatzungssoldaten! In halb verwüsteten Schulen, Fabriken oder Gaststätten hausten sie, Rauch stieg auf, sie kochten und grillten, spielten Fußball, gammelten oder alberten herum und hatten nichts dagegen, wenn wir Kinder um sie herumwieselten. Sie schnipsten uns manchmal Zigarettenkippen zu, die wir eifrig aufsammelten, und sie schienen nicht zu bemerken, wenn wir ab und zu auch etwas klauten. Klaviere standen auf den Höfen, einige der Soldaten spielten den halben Tag lang Jazz, und es störte sie nicht, daß auch wir in die Tasten hauten.

Besonders versessen waren wir auf Pulver. In weiße Leinensäcke eingenäht häufte es sich an verschiedensten Stellen, als Granulat oder in Stangenform, und vor allem unbewacht. Wir schafften ganze Berge fort in einsame Ecken am Stadtrand, errichteten wahre Scheiterhaufen und setzten sie mittels einer langen Zündschnur in einen infernalischen, entsetzlich hoch lodernden Brand. Wenn die Leute voller Schrecken oder Wut aus ihren Häusern stürzten, waren wir längst in einem Versteck und weideten uns neben dem phänomenalen Anblick auch an unserer eigenen Angst. Die ersten schweren Unfälle mit Munition, als einigen Leichtsinnigen Finger oder Zehen abgerissen wurden, beendeten unsere pyromanischen Spiele.

Schon in den ersten Tagen, nachdem unsere Stadt erobert worden war, lernte ich einen der Besatzungssoldaten näher kennen. Nicht weit von unserer Wohnung, an einer Straßenecke, befand sich eine jener Gaststätten, die von den Alliierten beschlagnahmt worden waren. Als die Sieger einzogen, schaute ich zu und traute mich sogar mit in das Haus. Zuerst kümmerte sich niemand um mich, geschäftig schleppten die fremdartig Uniformierten dieses und jenes in ihr Quartier, Töpfe, Lebensmittel, Funkgeräte und andere Dinge. Dann schlugen sie Feldbetten auf.

Fast alle kauten Chewing-Gum oder rauchten unentwegt.

Erst nach etwa einer Stunde sprach mich einer von ihnen an. Es war derjenige, den ich schon die ganze Zeit hindurch als den Sympathischsten ausgemacht hatte.

„Hey, boy", begann er das Gespräch, und ich beeilte mich, meine Englischkenntnisse an den Mann zu bringen. Die Verständigung war mühsam, mein Partner aber geduldig. Er hatte auch Zeit, beaufsichtigte die anderen, war wohl Sergeant oder so etwas.

Er war noch jung, vielleicht 25, und als ich ihm erklärte, daß ich in der Nachbarschaft wohne, lächelte er und strich mir über das Haar. Dann gab er mir eine Tafel Schokolade. Von solchen Liebesgaben hatte ich schon gehört, nun widerfuhr es mir, welch ein Gefühl, erregend und zwiespältig zugleich, weil man doch schmählich vom ‚Feinde' nahm.

Der Sergeant sagte mir, daß die Army zunächst leerstehende Häuser und Wohnungen besetze; bald kämen aber auch andere dran, die Militärregierung sei schon dabei, Räumungsbefehle auszustellen. Ich war nicht wenig stolz, eingeweiht zu werden in ein Geheimnis der Sieger, denen die Deutschen argwöhnisch und ablehnend, dann wieder ängstlich und devot begegneten.

Mit Erwachsenen jedoch gaben sich die Besatzer kaum ab; nur zu Kindern waren sie freundlich und schenkten ihnen nicht selten Kekse, Kaugummi oder eben Schokolade. Bekannte meiner Mutter warnten vor dem Verzehr solcher Köstlichkeiten, die Sachen seien doch sicherlich vergiftet, lamentierten sie. Überhaupt wurde mein Umgang mit dem ‚Tommy' nicht gern gesehen.

Jeden Tag war ich jetzt mit dem Sergeanten zusammen; Hans und meine anderen Freunde wurden mir beinahe unwichtig. Unsere Unterhaltung geriet immer flüssiger, da wir beide lernten, er ein wenig Deutsch und ich immer besser Englisch. Als dieser und jener Nachbar kam und fast untertänig etwas von den Besatzungssoldaten wissen wollte, war ich der Dolmetscher, der Vermittler zwischen den neuen Herren und den sonst so überheblichen Erwachsenen.

John, so der Name des freundlichen Sergeanten, war Kanadier. Er erzählte viel von seiner Heimat, ich meinerseits konnte mit einem Onkel dienen, der in den zwanziger Jahren nach Kanada, nach Toronto, ausgewandert war. Das interessierte meinen neuen Bekannten ungemein. Als ich ihm die Adresse des Onkels aufschrieb, versprach er, ihn dort irgendwann aufzusuchen.

Ich mußte John viel berichten. Er wollte alles über Deutschland wissen, über die Umgebung, vor allem aber über die Nazizeit, die ja gerade erst vorbei war, über HJ und BDM, über Bombennächte und Entbehrungen. Mir ging es gut in diesen Tagen, da ich fast nur noch in der Gaststätte bei John war. Ich aß zusammen mit meinem Sergeanten, was auf dem großen Herd des Lokals gekocht wurde, und auch seine Kameraden kannten mich inzwischen. Sie respektierten mich trotz mancher Neckerei und Anspielung. Ich gewöhnte mich sogar an das schneeweiße, watteartige Brot. Immer vertrauter wurde ich mit John, und es entstand so etwas wie eine Freundschaft.

Eines Morgens aber, ganz plötzlich, war alles aus.

Wie immer war ich gegen neun Uhr gekommen und ging auf John zu, um ihn zu begrüßen. Er musterte mich kurz mit todernster, finsterer Miene, kniff die Lippen zusammen, sagte kein Wort und wandte sich schroff von mir ab. Ich fühlte mich wie vor den Kopf geschlagen. Ganz verdattert stand ich da, auch die anderen ignorierten mich, taten, als sei ich gar nicht da. Ich wagte nicht, meinen Freund anzusprechen und ihn zu fragen, so feindselig war sein Verhalten. Einer der Soldaten gab mir dann einen leichten Stoß, wies zur Tür und schob mich hinaus. Ich war völlig durcheinander. Was hatte ich getan? Was war passiert?

Einige Tage danach räumten die Soldaten die Gasstätte. Weiter ging es wohl, tiefer nach Deutschland hinein. Aus sicherer Entfernung beobachtete ich alles. Als letzter verließ John das Haus, er schwang sich in seinen Jeep. Als er startete, winkte ich ihm verstohlen zu, ich glaubte, ein kleines Zeichen bei ihm zu sehen, einen kurzen Abschiedsgruß, er konnte aber auch jemandem anders oder dem Quartier gegolten haben.

Erst einige Wochen danach erfuhr ich, warum John so mit mir umgegangen war. Unser Vikar, bei dem wir Religionsunterricht hatten – die Schule hatte noch lange nicht wieder begonnen – sprach mich nach einer seiner Stunden an. Er hatte von meiner Bekanntschaft mit dem alliierten Sergeanten gehört und auch von dem schmerzlichen Ende. Eine Bekannte meiner Mutter mußte wohl geplaudert haben. Mein Zorn darüber verflog, als der Geistliche mir etwas mitteilte, was ich zuerst kaum glauben konnte.

Am Abend vor jenem Tag, als John sich so unbegreiflich verhielt, sei den Soldaten in einem großen Armeezelt ein Film vorgeführt worden, der die Befreiung des KZ Bergen-Belsen zeigte. Unbeschreiblich entsetzlich seien die Bilder gewesen. Er habe den Film als Vertreter der Kirche auf Einladung des englischen Kommandanten mitangesehen. Bald werde er im Unterricht mit uns über diesen Film und die fürchterlichen Verbrechen der Nazis sprechen.

Ein wenig begann ich zu verstehen. Aber später erst, als Erwachsener, wußte ich, warum John nicht mehr mein Freund hatte sein wollen...

Mit Hans zusammen wurde ich in dieser Zeit Zeuge eines sehr aufregenden Schauspiels. Wir standen auf unserem Marktplatz, als einige aus der braunen Ortsprominenz, die sich nicht rechtzeitig aus dem Staub gemacht hatten, von den Siegern auf einen Lastwagen verfrachtet und abtransportiert wurden. Britische Militärpolizisten holten sie aus den provisorischen Arrestzellen im Keller des Rathauses. Die Aktion verlief mehr als rauh und erregte ein Aufsehen, das sicherlich gewollt war. Einige Dutzend Menschen schauten schweigend zu, wie sie, die noch vor wenigen Tagen die Herren der Stadt gewesen waren, unter Kolbenstößen durch ein Spalier von Soldaten taumelten und rüde auf die Ladefläche des Fahrzeugs getrieben wurden. Hohl klang es, als sie mit Knien, Schienbeinen oder Ellenbogen gegen die Kanten des Wagens prallten.

Wie bestürzt waren wir, als wir unter den Delinquenten plötzlich unsere frühere Grundschullehrerin, eine gewisse Frau Schramm, sahen! Zwar wußten wir, daß sie NS-Frauenschaftsführerin gewesen war, aber daß auch sie zu diesen hier gehörte, mit denen jetzt abgerechnet wurde, nahm uns gewaltig mit. Eine Lehrerin, die in der Öffentlichkeit geschlagen wurde! Das hatte doch sie bisher besorgt, und zwar gründlich!

Vier Jahre her war es erst, daß sie als neue Lehrerin in unsere Grundschulklasse gekommen war. Sie war groß und schlank, recht hübsch und, wie ich von meinen Eltern erfuhr, jung verheiratet mit einem schneidigen Offizier.

Doch dann war sie damals nach wenigen Tagen schon nicht mehr in der Schule. Der Hauptlehrer teilte uns mit, sie werde für einige Zeit fehlen, ihr Mann sei an der Front gefallen.

Als sie wiederkam, hatte sie sich verändert. Sie trug ihr dunkles Haar noch straffer als sonst, ihre schwarze Kleidung machte sie fast unheimlich. War sie in den wenigen Unterrichtsstunden vorher schon sehr streng zu uns gewesen, so steigerte sie sich jetzt in eine derartige Härte, daß sie von allen gefürchtet wurde. Gleichzeitig übereifrig in ihrem pädagogischen Temperament, wollte sie uns voranbringen, die Klasse sollte besser werden, wie sie sagte, vor allem in der Rechtschreibung.

Sie entwickelte eine eigenartige Methode. Jeden Tag schrieben wir ein kurzes Diktat, auf der Schiefertafel. Gemeinsam wurde korrigiert, dann durchschritt sie die Reihen. Für jeden Fehler gab es einen Schlag mit dem Stock in die Hand, einen kurzen, scharfen Hieb, der recht schmerzhaft war.

Mädchen wie Jungen bekamen diese Schläge, ein Vorbeimogeln war unmöglich, es hätte auch weit schlimmere Folgen gehabt. Keiner versuchte jemals, eine niedrigere Zahl von Fehlern anzugeben.

Wir hatten einen Mitschüler namens Bernd Kötter. Er war kräftig und untersetzt, ein wenig unbeholfen und sehr langsam in seinen Bewegungen. Sein Vater war Holzschuhmacher, außerdem bestellte die Familie vor der Stadt einige kleine Felder. Bernd hatte acht Geschwister, und die Verhältnisse waren mehr als ärmlich.

Der schwerfällige Junge verabscheute die Rechtschreibung. Er kam beim Diktieren kaum mit, viele Wörter kannte er nicht, andere schrieb er falsch, und so häuften sich die Fehler in besorgniserregender Menge.

Kam Frau Schramm zu ihm, der in der letzten Reihe saß, gab es auch für ihn kein Erbarmen. Etwa fünfzehn oder zwanzig Schläge sausten auf seine Hände, erst auf die rechte, dann auf die linke. Nach der Hälfte der Schläge durfte er die andere Hand hinhalten, das war sein Privileg.

Still ertrug er die Schmerzen, Schreien war verboten. Entsetzt schauten wir auf seine zuckenden Hände, die nach den vielen Schlägen anschwollen. Manchmal platzte auch die Haut. Dann durfte Bernd ein Taschentuch benutzen.

Einige Wochen nach Beginn der Diktatserie erzählte uns ein Bruder des Gequälten, wenn Bernd nach Hause käme, gebe es immer Ärger. Sofort nach dem Mittagessen müsse er mithelfen beim Holzschuhmachen, bis abends. Für Hausaufgaben sei sowieso kaum Zeit. Nun aber könne Bernd nicht mehr so richtig zupacken, seine Hände seien stets verschwollen, blau geschlagen von der Lehrerin. Der Vater werde dann wütend. Bernd bekäme beinahe jeden Tag seine Tracht Prügel, und nicht zu knapp.

Die Klasse beschloß zu handeln. Am nächsten Tag boten wir unserer Lehrerin an, eine Anzahl von Schlägen für Bernd übernehmen zu dürfen. Wir, das waren drei oder vier, die bald ins Gymnasium überwechseln sollten und keine oder nur wenige Fehler machten. Wir hatten Angst, als wir wagten, der Lehrerin diesen Vorschlag zu machen, noch nie hatten wir so mit ihr geredet.

Zu unserer Überraschung reagierte sie freundlich, sie lächelte.

In der Deutschstunde am Tag danach das übliche Diktat. Alle mußten wieder ihre Fehler verkünden, von null bis achtzehn bei Bernd. Fast freudig streckten wir dann unsere Hand aus, jeder von uns Vieren durfte jetzt für Bernd leiden. Wir zählten die Schläge genau, ja, Bernd würde heute nahezu straffrei bleiben.

Frau Schramm kam zu ihm, und wir drehten uns um, nickten ihm zu, alles schien gut. Pflichtgemäß hielt er seine Hand hin.

Es passierte Schreckliches. Die Lehrerin schlug nach dem zweiten Hieb – jetzt hätte Schluß sein müssen – weiter, sie schlug unablässig weiter, bis achtzehn, härter fast als sonst. Fassungslos schaute Bernd, er begriff nichts. Dann weinte er.

Wir aber, die wir doch für ihn gebüßt hatten, spürten zum erstenmal in unserem Leben tiefe Wut, Haß und dieses furchtbare Gefühl, der totalen Willkür ausgeliefert zu sein...

Jetzt auf dem Marktplatz war unsere frühere Lehrerin der Willkür ausgesetzt, einer anderen freilich, und Hans und ich waren uns nach dem ersten Schrecken einig, daß es nicht unverdient war. Trotzdem verstanden wir die Welt nicht mehr und kamen blaß und verstört nach Hause. Obwohl wir mit den Eltern lange darüber sprachen, konnten wir die Demütigung einer Respektsperson wie Frau Schramm tagelang nicht vergessen, und das will in dem Alter viel heißen..."

Christina hatte aufmerksam zugehört.

„Unbegreiflich", meinte sie, „wenn ich das mit meiner Kindheit und Grundschulzeit vergleiche. Wie doch wenige Jahre alles verändern können..."

„Ja, und bei uns waren es nur wenige Tage!"

Ich probierte einen Schluck Kaffee, er war jedoch kalt geworden. Ich mußte wieder an die beschlagnahmte Gaststätte denken, und mir fiel eine andere Sache ein, die Geschichte von unserer Johanna und den Caprifischern. Von diesem verwunderlichen Zusammenhang wollte meine Frau mehr wissen.

„Als du noch ein Baby warst, Christina, etwa 1946 oder 1947, gab es in Deutschland einen sehr beliebten Schlager. Nie wieder im späteren Leben habe ich einen Song so oft gehört wie diesen Ohrwurm der Nachkriegszeit, dieses Lied von den Caprifischern. Ich lauschte der schmalzigen Melodie allerdings nicht freiwillig, nein, denn es war unser Dienstmädchen, unsere Johanna, die diesen Schlager mit ihrer hellen, etwas unsicheren Stimme sang, so oft, daß es allen auf die Nerven ging. Das war im Sommer 1947.

Johanna Brinker war schon während des Krieges im Alter von fünfzehn Jahren zu uns gekommen. Als eines von sechs oder sieben Kindern sehr armer Eltern, die froh waren, sie als Kostgängerin loszuwerden, sollte sie die Hauswirtschaft erlernen, hoffnungsvolle Voraussetzung für das Glück, eines Tages vielleicht einen Mann zu bekommen, der sie ernähren könnte.

Wenn man sie anschaute, waren solche Hoffnungen jedoch als sehr gering einzuschätzen, denn Johanna war keine Schönheit. Ihre Gestalt war gedrungen und klein, ihr Gesicht pausbäckig, und auf ihrem Kopf kräuselte sich schwarzes Drahthaar. Die knollige Nase und der aufgeworfene Mund ließen fast an einen afrikanischen Einschlag denken, der aber zu ihrer teigigen Haut nicht recht passen wollte. Hübsch dagegen waren ihre braunen Augen, mit denen sie alle immer so treuherzig ansah.

Johanna wurde wie wohl alle Dienstmädchen mehr ausgebeutet als wirklich zur Haushaltsführung angelernt, aber sie merkte das gar nicht und hatte wohl auch nichts anderes erwartet. Jedenfalls war sie immer guter Laune, sie pfiff oder sang ständig bei der Arbeit, auch der schwersten.

Im Herbst 1947 war Johanna völlig überraschend schwanger, und zwar schon im dritten Monat.

Die fürchterliche Nachricht schlug bei meinen Eltern wie eine Bombe ein. Ausgerechnet das mußte passieren, in einem katholischen Haus, in so frommer Umgebung!

Und niemand hatte etwas gemerkt oder gewußt, man hätte es ja sonst vielleicht verhindern können. Keine Liebschaft war ausgemacht, auch nicht für möglich gehalten worden, niemals hatte sie jemand mit einem Mann gesehen – wie konnte es geschehen sein?

Auch ich, damals vierzehn Jahre alt, hatte keine Ahnung gehabt. Im nachhinein jedoch wurde mir manches klar.

Es waren wohl die ‚Caprifischer‘ schuld an Johannas Mißgeschick. Dieser Schlager hatte es ihr angetan, so sehr, daß sie jedesmal, wenn die Melodie erklang, in eine derart sentimentale Stimmung verfiel, daß alles um sie versank. Sie hörte dabei keineswegs auf zu arbeiten, aber sie war entrückt; ihr Blick ging ins Leere, in eine weite Ferne, nach Capri vielleicht, obwohl sie sicher nicht wußte, wo genau das war.

In ihrer spärlichen Freizeit saß sie an warmen Sommerabenden auf der Fensterbank ihres kleinen Zimmers, ließ die blassen, etwas kurzen Beine nach draußen baumeln und trällerte wieder und wieder das geliebte Lied, leise, wenn sie meine Eltern in der Nähe glaubte, laut, wenn sie nur mich oder meinen jüngeren Bruder sah. Manchmal schaute sie uns Jungen dabei ganz verführerisch an; wir führten es auf die unerhörte Wirkung des Gassenhauers zurück.

Aber nicht wir waren gemeint, sondern jemand anders. Johanna hatte in diesem Sommer den ersten und einzigen Mann ihres Lebens gehabt.

Details erfuhren wir erst nach und nach, natürlich nicht von unseren Eltern, denn es war undenkbar, sich mit ihnen über so etwas zu unterhalten. Johanna selbst und ein Nachbarjunge verrieten uns einiges, die wir neugierig genug waren.

Dieser Nachbarjunge wohnte neben der Gaststätte, von der ich dir vorhin erzählte. In der Küche dieses Besatzungsquartiers waren zur Versorgung der Sieger zwei deutsche Kriegsgefangene tätig, nicht ungern übrigens, wie man sich angesichts der Ernährungslage jener Zeit denken kann. Und einer dieser beiden, ein sehr unscheinbarer, schmächtiger Mann, war derjenige, er war der Liebhaber Johannas gewesen, mußte man jetzt sagen, denn er war schon nicht mehr da.

Sicherlich im Rausch der Capri-Weise hatte das arme, unwissende Mädchen sich ihm hingegeben, wie man es damals so treffend nannte, in einer dunklen Ecke vielleicht, im verwucherten Garten des Gasthauses oder am Kanal, dem Treffpunkt der sich liebenden Paare.

Der Nachbarjunge hatte Johanna ab und zu in der Nähe des Quartiers gesehen, einmal an der Hand ihres Freundes. Auch Johanna selbst gab manches preis; und wir lachten nicht, als sie uns an einem Abend, an dem die Eltern außer Haus waren, von ihrer großen Liebe erzählte und dabei plötzlich zu weinen begann.

Denn aussichtslos war es für sie, besonders jetzt, da der Freund fort war, wahrscheinlich in einem anderen Lager. Wenn er es wollte, würde sie ihn nie wiedersehen. Johanna wußte wenig von ihm, er wiederum nicht, daß sie schwanger geworden war; hatte sie doch selbst die bedrohlichen Umstände viel zu lange verdrängt.

In der Tat, schlimm war die Lage des bedauernswerten Mädchens. Natürlich konnte sie nicht bei uns bleiben, das war ausgeschlossen. Sie mußte also zurück zu ihren Eltern. Aber die würden sich weigern, jetzt noch zwei Esser aufnehmen zu müssen, ohne jede finanzielle Hilfe und ohne Hoffnung auf künftiges Eheglück für die gefallene Tochter. Und ein Bankert im Haus, ein uneheliches Kind, dazu die junge Mutter ohne Mann! Das kam einfach nicht in Frage...

Du wirst wissen wollen, Christina, wie das Ganze ausgegangen ist. Ich kann es nicht genau sagen, habe später aber von meinen Eltern gehört, daß sie bei einem älteren Bruder weit weg von unserer Stadt untergekommen ist. Der hatte wohl Mitleid mit ihr, aber ein feines Leben wird er ihr kaum hat bieten können, denn er war nur ein armer Zigarrendreher. Nach dem Vater ihres Kindes soll sie übrigens noch gesucht, ihn aber nie gefunden haben..."

Nachdenklich sah meine Frau vor sich hin. Ich ahnte, was sie dachte, hatte es doch vor kurzem in ihrer Verwandtschaft einen traurigen Vorfall gegeben, als eine junge Cousine an den Folgen einer mißglückten Abtreibung verstorben war. Es war mir lieb, daß sie jetzt nicht davon sprach. Statt dessen schaute sie auf ihre Armbanduhr. „Menschenskind, gleich fünf Uhr", rief sie fast, „und wir haben noch nicht einmal unsere Sachen ausgepackt! Man kann ja alles vergessen, wenn man sich so in die alten Geschichten vertieft! Du weißt hoffentlich noch, weshalb wir hier sind?"

Ihre Frage schreckte mich hoch – in einer Stunde schon sollte es ja losgehen! In diesem Augenblick bekam ich ein sonderbares Gefühl. Es widerstrebte mir plötzlich, zu dem Treffen hinunterzugehen, irgendwie scheute ich mich, den vielen Menschen dort unten zu begegnen, die doch nur zufällig einmal meine Klassenkameraden gewesen waren. Christina merkte, wie nervös ich war, und redete mir gut zu. Es half, denn ich wurde wenigstens ein bißchen ruhiger. Ich duschte und rasierte mich und zog meinen dunkelblauen Anzug an. Christina hatte ihr türkisfarbenes Cocktailkleid übergestreift und sah sehr gut aus. Sie war eine schöne Frau und würde Eindruck machen, da war ich sicher. Sehr angespannt verließ ich das Zimmer und ging mit ihr hinunter ins Foyer.

Vom Treppenabsatz aus schaute ich auf eine Versammlung gesetzter Herrschaften, etwas abseits stand ein weißhaariger, alter Mann. Eine parallele Veranstaltung zu unserem Fest, dachte ich, irgendeine Firmengruppe hielt wohl im Hotel eine Tagung ab. Ich wollte mich vorbeidrücken. Doch da stürzte sich der Alte auf mich und umarmte mich. „Mensch, Junge, du hast dich ja überhaupt nicht verändert! Wie geht es dir, was machst du? Du sollst ja Rechtsanwalt sein, habe ich gehört, in Frankfurt..."
So ging es in einem fort, und ich kam nicht zu Worte. Als er mich aufforderte zu raten, wer er sei, mußte ich passen.
„Herbert, Herbert Meiners!" schrie er und schüttete sich aus vor Lachen. Tatsächlich, als ich ihn genau ansah, erkannte ich ihn, wenn auch mit Mühe. Er nahm es mir überhaupt nicht übel, im Gegenteil, es schien ihm Spaß zu machen. Volksschullehrer sei er geworden, sagte er dann, aber das habe nichts mit seinem Aussehen zu tun, nein, die Gene, die verflixten Gene seien schuld daran. Wieder lachte er.
Walter Franke kam auf mich zu. Ihn erkannte ich, obwohl er um viele Pfunde zugelegt hatte. Ganz lange schüttelte er mir die Hand und bedankte sich überschwenglich, daß ich gekommen sei. Ich stellte ihn

meiner Christina vor, und ein wenig verlegen deutete er einen Hand-
kuß an. Dann murmelte er etwas von besonderer Schönheit und daß
ich ja schon immer bei den Frauen Glück gehabt habe. Als ich mich
dagegen verwahrte, sprach er sofort davon, daß ich damals nach dem
Abitur doch zu dieser ominösen Party mit unseren Mädchen eingeladen gewesen sei...

In diesem Moment sah ich Michael Hoberg. Ihn trotz seiner dezenten
Kleidung nur als auffallend zu bezeichnen, wäre zu wenig. Auch er
hatte sich verändert, aber in anderer, umgekehrter Weise, denn er war
noch attraktiver als früher. Es mochte absurd sein, ihn mit irgendwel-
chen Filmstars vergleichen zu wollen, aber ich denke, er hätte viele
von ihnen in den Schatten gestellt. Leicht gebräunt war sein schmales,
überaus ebenmäßiges Gesicht, und mit seiner schlanken Gestalt über-
ragte er alle anderen, außer Hagen Fresenius vielleicht, den ich jetzt in
einer anderen Ecke entdeckte.

Es gab ein großes Hallo, denn nun wollte jeder mich begrüßen, der ich
als letzter ins Foyer gekommen war. Eine stressige Prozedur begann,
weil es mir nicht immer leicht fiel, alle Ehemaligen zu identifizieren,
und zwar so schnell, daß sie sich nicht gekränkt fühlten. Besonders
schwierig wurde das bei den Mädchen, da sie sich äußerlich bis auf
eine weit entfernt hatten von dem, was einmal war. Diese eine war
Angela. Sie sah fast aus wie ehedem, und sie hatte einen großen, kräftigen Mann mitgebracht. Elke hingegen war so unförmig dick geworden, daß mir die Komplimente schwer von der Zunge gingen, und die
beiden Lehrertöchter hatten lediglich den Vorteil, schon immer alles
andere als reizvoll gewesen zu sein.

Es folgten Umarmungen unterschiedlicher Stärke und Herzlichkeit mit
den alten Weggefährten, besonders mit Michael und Jürgen Sievers,
der bis auf sein gelichtetes Haar immer noch sehr sportlich wirkte.
Vielen Ehefrauen und Lebenspartnerinnen gab ich die Hand, wobei
mir eine von ihnen ausnehmend jung zu sein schien. Und hübsch war
sie, sehr hübsch sogar! Nur bekam ich in dem Trubel nicht mit, zu
wem sie gehörte.

Ganz zuletzt stand ich vor Hans Keding. Wir sahen uns ein wenig
schuldbewußt an, weil unsere Freundschaft nicht so gehalten hatte,
wie wir und die anderen wohl geglaubt hatten. Doch dann brach das
Eis, und wir lagen uns in den Armen.

Als Walter Franke alle in die für uns bestimmten Räumlichkeiten bat,
saßen Hans und ich denn auch sofort nebeneinander, flankiert von
unseren Frauen, weil wir beiden uns doch soviel zu sagen hatten.

Während die Kellner die Bestellungen aufnahmen und Getränke brachten, schmolz dahin, was anfangs noch an Verlegenheiten vorhanden gewesen sein mochte, und überall an den langen Tischen begann man sich lebhaft zu unterhalten. Auch zwischen Hans und mir sprang der Funke.

Es war dabei interessant zu beobachten, wie die meisten der Ehemaligen nach und nach in ihre alten Rollen verfielen. Sie wurden wieder die Schüler von einst mit ihren Schwächen und Stärken und waren keineswegs mehr der Herr Doktor, der Herr Regierungsrat oder der Bankangestellte von heute.

Der dicke Tierarzt hatte sich etwas ausgedacht. Nachdem er alle Teilnehmer des Festes und des einmaligen Jubiläums, wie er formulierte, ebenso kurz wie freundlich begrüßt und willkommen geheißen hatte, schlug er vor, daß ein jeder aus der Klasse sich und seine Begleiterin in einer Art Statement vorstellen und von sich berichten solle, von seinem Werdegang, seinem Beruf, wo er wohne und, falls es nicht indiskret sei, auch von seinem Hobby.

Man stimmte seiner Anregung zu, und eine alphabetische Reihenfolge wie einst in der Schule wurde vereinbart, dann aber nicht eingehalten, weil einige sich noch besinnen mußten.

Bald schon erhob sich der erste. Was kam, war eine teils spannende, teils mehr oder weniger langweilige und zeitraubende Angelegenheit, je nachdem, wie interessant das Dasein der Kameraden verlaufen war oder auf welche Weise sie ihren Lebensweg darzustellen imstande waren. Nahezu alle Biographien, die kundgetan wurden, empfand man als nicht besonders aufregend, sondern eher als normal und eigentlich nicht vortragenswert, und so wurden viele mit wenig Aufmerksamkeit verfolgt oder durch gedämpftes Geschwätz gestört, zumal manche der Mitschüler von einst entweder übermäßig laut oder zu leise und eintönig sprachen. Gläsergeklirr und Kellnergeräusche taten ein übriges. Stille und Staunen jedoch traten ein, als Jürgen Sievers, Michael Hoberg, vor allem aber Hagen Fresenius und ein anderer aus Übersee berichteten.

Jürgen war auf seiner Karriereleiter nicht nur Ministerialrat, sondern sogar Ministerialdirigent geworden, was von den Beamten unter den Anwesenden, die nur dem gehobenen Dienst oder den unteren Regionen des höheren Verwaltungswesens angehörten, mit andachtsvollem Gesichtsausdruck zu Kenntnis genommen wurde. Er war Ressortleiter in einem Kieler Ministerium und lebte in einem Haus an der Förde, hatte viel Verantwortung und wenig Freizeit, die er als leidenschaftlicher Segler auf seiner Yacht verbrachte und mit der er im Urlaub weite Törns nach Skandinavien oder England unternahm. Mit einem Blick auf seine Frau, eine großgewachsene, energisch aussehende Blondine, meinte er, es sei dabei nicht immer klar, wer an Bord der Skipper und wer der Smutje sei.

Viele nickten lächelnd, als Jürgen sich setzte. Einige der Beamten klatschten in die Hände.

Dann stand Michael auf, und es war schon sein Aussehen, das alle, selbst die Kellner, schweigen ließ. Wenig Zeit verschwendete er, als er von sich berichtete. Er sei in München, sagte er kurz und bündig, angestellt in einer High-Tech-Firma namens ‚Medidor‘, und zwar in der Entwicklungsabteilung.

Auch wenn seine Angaben knapp waren, konnte man annehmen, daß er als Physiker in einem der modernsten Betriebe dieser Art forschte, der mit hochsensibler Medizintechnik zu tun hatte, wie ich zufällig wußte.

Was sein privates Leben betreffe, meinte Michael dann, so sei er seit einigen Jahren geschieden. Er habe wohl zuviel Zeit in der Firma verbracht und immer zu intensiv gearbeitet.

Als er sich setzte, hatte ich längst Angelas Blicke bemerkt. Wie war es möglich, daß eine Frau von 45 Jahren, dazu verheiratet mit einem ansehnlichen Mann, so brennend und begehrlich auf einen anderen schaute? Auch die Augen einer zweiten sah ich, die dunklen Augen jener Hübschen, die ich zuerst keinem hatte zuordnen können, die aber offensichtlich die Frau von Gerhard Rolfes war, denn sie saß mit züchtig auf dem Schoß gefalteten Händen neben ihm. Wie auch sie den Michael anguckte, das glich ganz und gar dem Augenspiel Angelas! Nur gut, dachte ich, daß der vierschrötige Mann an ihrer Seite nichts zu merken schien.

Der stellte sich jetzt vor. Landwirtschaftsrat sei er geworden, sagte er, und er lebe mit seiner Frau Anne, die er vor noch gar nicht langer Zeit geheiratet habe, im Westfälischen, auf einem Bauernhof, den sie als einziges Kind der reichsten Eltern im Dorf zur Hochzeit geschenkt bekommen habe. Es könne ihm gar nicht besser gehen, meinte Gerhard, vormittags sei er in Münster als Berater beim Bauernverband tätig, und dann auf seinem Hof. Sein Hobby sei die Jagd, und Kinder hätten sie noch keine, aber das ließe sich sicher bald hinkriegen. Während er das sagte, sah er seine junge Frau etwas unsicher an, und alle schmunzelten.

Hagen Fresenius, der Gerhard ablöste, überraschte alle, indem er gleich feststellte, daß er vielfacher Millionär sei. Er sagte es unverblümt und ohne jene Zurückhaltung, die in unseren Breiten bei diesem

Thema üblich ist. Längst, so fuhr er fort, habe er die väterliche Rinderfarm in Argentinien geerbt und gewaltig erweitert, nachdem sein Erzeuger vor acht Jahren nach Walhall gegangen sei. Die Mutter lebe noch, wenn auch in unwürdigem Dämmerzustand. Trotzdem habe er entschieden, daß sie nicht in einem Pflegeheim, sondern zu Hause sterben solle, Tag und Nacht betreut von einer Krankenschwester und zwei Domestiken. Obwohl eigentlich unverantwortlich, habe er Farm und Mutter für das heutige Treffen verlassen, um uns und auch das alte Vaterland wiederzusehen, wobei er vom letzteren nach den ersten Eindrücken schon sehr enttäuscht sei, und er hoffe, daß er es nicht auch von uns sein müsse.

Wie er redete! Welche Wahl der Worte! Sollte man unverschämt nennen, was er da sagte, oder war es die offene, ehrliche Art des Hagen, der ein ganz anderes Milieu gewohnt war als wir? Eine harte und rauhe Umgebung vielleicht, die nur so zu bewältigen war?

Während wir uns noch wunderten, deckte er uns mit stolzen Zahlen ein, mit Zehntausenden von Rindern, Hunderttausenden von Quadratmetern Landfläche, mit Angestellten und Gebäuden, mit einer Hazienda, einer Stadtwohnung und gigantischen Umsätzen. Unvermittelt setzte er sich dann hin, nahm einen mächtigen Schluck aus seinem Bierglas und schwieg.

Eine Weile war es im ganzen Raum ruhig, eine peinliche Stille entstand. Keiner aber stellte eine Frage, niemand kommentierte, was der Argentinier berichtet hatte. Nur hier und da ein Kopfschütteln, ein Achselzucken, dann wandten sich die meisten wieder ihren Nachbarn zu und begannen zu plauschen. Jürgen Sievers allerdings war anzusehen, daß er entschlossen war, mit Fresenius noch ein Wörtchen zu wechseln, und auch Michael merkte man an, daß er sich provoziert fühlte und die Sache nicht auf sich beruhen lassen werde.

Hans und ich waren uns schnell einig. Wir hatten den Hagen nie recht leiden können, er war ja früher schon anders gewesen als wir, und wir hatten ihn gemieden, obwohl er nicht weit von uns gewohnt hatte. Aber heute wollten wir keinen Streit, keine Auseinandersetzung, sondern unseren Spaß haben und uns erinnern an alte Zeiten, an die Pauker, an unsere Heldentaten und Streiche. Sollte Fresenius doch daherreden, man konnte es ertragen, wenn man sich vor Augen hielt, welch eigenwilliger Mensch er war und wie lange wir ihn nicht gesehen hatten.

Walter Franke schien zu denken wie wir, jedenfalls hob er jetzt sein Glas und ließ alle hochleben. Danach kam er auf die drei Toten aus unserer Klasse zu sprechen, die er bei seiner Begrüßung nur kurz erwähnt hatte und deren Namen bereits im Foyer immer wieder genannt worden waren.

Fritz Manner und Hermann Krieger, zwei von uns, die Lehrer geworden waren, hatte es vor einigen Jahren schon getroffen. Sie waren auf einer gemeinsamen Fahrt zu einer pädagogischen Fortbildungsveranstaltung in Emden mit dem Pkw von Fritz gräßlich verunglückt und im Krankenhaus ihren Verletzungen erlegen. Beide hatten in Aurich gelebt und am dortigen Gymnasium unterrichtet. Der dritte Tote war Karl Hellrich, der vor gar nicht langer Zeit in Dortmund, seiner neuen Heimat, wie der Tierarzt betonte, an Lungenkrebs verstorben sei.

Wir standen auf und gedachten der drei. Und wie bei einer Beerdigung, wo nach gebührender Trauer ein Gefühl der Erleichterung sich ausbreitet, das bald in eine fast fröhliche Stimmung mündet, weil man doch noch einmal davongekommen ist, glitten wir nach Walters bewegenden Worten mitsamt unseren Damen in eine Woge des Mitgefühls, aber auch eines sich steigernden Wohlbefindens. Wein, Sekt, Cognac und Bier sowie kleine, in angenehmem Ambiente servierte Speisen trugen das ihre dazu bei.

Auch der Vortrag von Justus Reinhard mäßigte die allgemeine Heiterkeit nur vorübergehend. Er, der jetzt von sich zu erzählen begann, mußte die Stimme zuerst strapazieren, um sich durchzusetzen, dann jedoch unterbrachen die meisten ihre Gespräche, denn Justus berichtete Erschütterndes. Er war nach seinem Studium der Zahnmedizin und einiger Erprobungszeit in Deutschland als Entwicklungshelfer nach Kenia gegangen, getrieben von unbändigem Idealismus und dem Willen, den Ärmsten dieser Erde zu helfen, dazu auch, um seine zahntechnisches Können zu verbessern und die Welt kennenzulernen. Am Stadtrand von Nairobi, sagte er, habe er sich niedergelassen und eine primitive Praxis eröffnet, in der er seine mittellosen Patienten so gut wie unentgeltlich behandele.

Justus war schon immer ein Sonderling gewesen, und oft hatte er früher seinen Vornamen bestätigt, wenn es in der Klasse wieder mal um die Gerechtigkeit ging. Jetzt beklagte er die fürchterlichen Zustände in den Slums von Nairobi, und mancher in der Runde ließ Messer und Gabel sinken, als er mit drastischen Worten schlimme, unappetitliche Szenarien schilderte. Von der Ungerechtigkeit sagte er nichts, bat die Anwesenden aber um Unterstützung, und einige notierten sich die Kontonummer, die er etwas verlegen nannte.

Alle waren beeindruckt. Ein verdammt guter Kerl sei der Justus, ein Idealist eben, so empfanden die meisten, besonders, wenn sie daran dachten, wieviel Geld und Wohlstand er sich mit seinem Beruf in der Heimat hätte verschaffen können. Nur Hagen Fresenius schien die Sache anders zu sehen, doch ging sein gemurmeltes „Schön dumm, der Reinhard..." im allgemeinen Geplauder unter.

Die Stimmung stieg.

Immer häufiger vernahm man jetzt ein „Weißt du noch?" oder ein leicht geseufztes „Ach ja, lang, lang ist's her", und lautes, manchmal gellendes Gelächter an den Tischen zeigte an, daß von alten Paukern und Schülerstreichen geschwärmt wurde. Quer durch den Raum rief man sich die Erinnerungen zu, heischte nach Bestätigung einer früher verübten Schandtat, ergötzte sich an vergangenen Bubenstücken oder schwelgte in der Reanimation eines längst vergessenen Ereignisses.

Hans und ich standen dabei bald im Mittelpunkt, seien wir zwei doch tolle Hechte und wegen unserer besonderen Freundschaft, der damaligen Wohnlage in der Innenstadt, der Möglichkeit, ein Auto zu haben und vor allem wegen unserer unbeschwerten und manchmal leichtfertigen Lebensweise geradezu prädestiniert gewesen, so allerlei Unfug zu machen, die Lehrer bös zu ärgern und wer weiß was für Dinge zu treiben.

Manches mochte stimmen, gegen anderes aber mußten wir uns schon unseren Frauen zuliebe wehren, da einigen Ehemaligen bei ihren Vermutungen und Unterstellungen vor allem sexueller Art die vom Alkohol arg befeuerte Phantasie durchzugehen begann. Plötzlich war auch wieder die Rede von dieser geheimnisumwitterten Fete im Hause Elkes, und ein laut und bedeutungsvoll gedehntes „Ja, ja" sollte wohl die Mädchen von damals, die immer noch hübsche Angela und ihre so sehr gereifte Freundin, aufmerksam machen und in das Palaver einbeziehen.

Ehe es dazu kam, nahm wieder Walter Franke das Wort. Um zu verhindern, daß die Gespräche jetzt im Privaten verrönnen und die Allgemeinheit nicht mehr viel davon habe, meinte er, sei es doch schön, wenn einige von uns kleine Geschichten, Anekdoten oder Stories aus der Jugendzeit vor der gesamten Klasse erzählten. Es müßte aber alle interessieren, Personen und Handlungsorte dürften nicht unbekannt sein. Ob lustig oder traurig, sei egal, wichtig sei nur, daß die Geschichten gut seien.

Auch mit diesem Vorschlag unseres Veranstalters waren alle einverstanden, und er wurde von einigen, die abseits saßen und an den Gesprächen nicht so teilhatten, mit Freude begrüßt.

Als erste stand Angela auf. Sie war, nachdem sie sich ebenso kurz wie Michael vorgestellt und als Bibliothekarin geoutet hatte, recht munter geworden.

Ihre kleine Geschichte, sagte sie, habe sich in der Nachkriegszeit abgespielt, bald, nachdem die Schule wieder angefangen habe, aber Ähnliches hätten wir alle erleben können.

„Vielleicht wißt ihr noch, daß ich erst in der Quarta auf euer Gymnasium gekommen bin, vorher war ich ja auf der Oberschule in der Nachbarstadt. Und dort ereignete sich in meiner Klasse einmal ein bemerkenswerter Vorfall, ein kleines Drama sozusagen. Es passierte während der Schulspeisung, die ihr sicher nicht vergessen habt. Die Bezeichnung war ja etwas mißverständlich für diese Hilfsaktion der alliierten Siegermächte gegen den Hunger in unserem Land, denn nicht die Schulen, sondern die Jungen und Mädchen sollten ja zusätzlich zur schmalen häuslichen Kost mit kalorienreicher Nahrung versorgt werden.

Ausschließlich Kindern sollte das unentgeltliche Essen zugute kommen, zum einen vielleicht, weil sie ganz sicher schuldlos waren an Auschwitz, Buchenwald oder Bergen-Belsen, zum anderen wohl, weil man in ihnen diejenigen sah, die bald ein neues, besseres Deutschland verwirklichen sollten.

Eines Tages jedenfalls, es war, wenn ich mich recht erinnere, Ende April 1946, teilten uns die Lehrer mit, ab Montag nächster Woche habe jeder neben seinen wenigen Büchern, seinen grauen, mit Holzsplittern durchsetzten Heften und den Schreibsachen ein Geschirr mitzubringen, dazu einen Löffel und vielleicht bald auch Messer und Gabel.

Unser Klassenlehrer strahlte, während er diese Details verkündete, Skepsis, ja Ärger aus, denn er war wie manche andere seiner Kollegen, gelinde gesagt, mißtrauisch gegenüber den Besatzungsmächten eingestellt. Es gab an unserer Schule einen Studienrat, der sich anmaßte, statt zu unterrichten ständig über irgendwelche imaginären Engländer, Amerikaner, Franzosen und Russen herzuziehen. Er äußerte sich abfällig über die neue politische Situation und bedauerte ungeniert, daß alles so enden mußte und die guten alten Zeiten vorbei seien, wobei er sich verschleiernd aller möglichen Konjunktive bediente.

Wir Schüler dagegen warteten neugierig auf den Montag.

Und richtig, pünktlich zur ersten großen Pause, die um das Doppelte verlängert worden war, erschienen Helfer vom Roten Kreuz und schleppten große, milchkannenähnliche Kübel auf den Schulhof.

Das Wetter war milde, und klassenweise stellten wir uns hintereinander draußen auf. In der Hand die Eßnäpfe – einige hatten tiefe Teller, andere kleine Schüsseln, nicht wenige aber das Kochgeschirr der ehemaligen Wehrmacht mitgebracht – standen wir an und empfingen einen Schlag dicklich angerührter Suppe aus einem der Behälter, zugemessen durch eine Frau vom Roten Kreuz.

Die Suppe schmeckte überhaupt nicht. Es war ein kakaoartiges Zeug, übersüß, angereichert mit Unmengen von Keksen, die pappig in dem Gebräu schwammen. In den ersten Tagen versuchten etliche Schüler, sich vor der Mahlzeit zu drücken, andere schütteten sie in eine Ecke des Schulhofs. Beides wurde schnell verboten.

Mit der Zeit jedoch besserte sich das Essen. War es Gewöhnung oder näherte sich die Zubereitung dem, was Deutsche mochten, kurzum, die Schulspeisung wurde allmählich zu einem erfreulichen Ritual. Es gab kaum noch Zwischenfälle, auch das lästige, nicht immer saubere Geschirr im Ranzen nahm man in Kauf. Im übrigen teilten jetzt die Lehrer das Essen aus.

Nun besuchten unsere Oberschule überwiegend Kinder aus bürgerlichen Familien, Söhne und Töchter von Kaufleuten, Verwaltungsbeamten, Angestellten, Lehrern oder Pastoren. In diesen Familien wurde nicht gehungert, es gab zwar nicht viel, aber doch ausreichend zu essen. Aber da waren auch Ärmere, und zu denen zählten, wie ihr euch sicher erinnert, vor allem die Flüchtlinge, die in dieser Zeit aus dem Osten, vor allem aus Schlesien, zu uns in den Westen strömten.

Viele Einheimische begegneten ihnen ablehnend und voller Vorurteile. Widerwillig und manchmal nur unter Zwang räumten sie für diese Leute ein bis zwei Zimmer in ihren Wohnungen oder Häusern. Der Zugang zur höheren Schule war angesichts von Schulgeld und anderen Kosten schwierig für die Kinder dieser Flüchtlinge, und viele von ihnen blieben deshalb in der Volksschule.

In unserer Klasse saß damals ein besonders bedauernswerter Junge aus dem Osten, Sohn einer Kriegerwitwe, die zuerst keinerlei Rente erhielt und sich und ihr Kind wer weiß wie durchbrachte. Für diesen Jungen, der Laurenz Dabke hieß, war die Schulspeisung lebenswichtig, sie war für ihn die einzige vollständige Mahlzeit am Tag.

Und während wir anderen etwas gelangweilt und eher gleichgültig in der Reihe der Essensempfänger standen, drängelte der Ärmste, er hatte einfach Hunger. Vielleicht war er auch besorgt, er käme zu spät dran, und der Lehrer könne die Portion dann knapper bemessen. Die Mitschüler ärgerten ihn deshalb, zumal als Flüchtling, sie stupsten ihn absichtlich zurück und amüsierten sich über seinen Vorwärtsdrang und seine offensichtliche Gier. Der Kampf ums Essen führte zu Unruhe, zu Undiszipliniertheiten, und das war Gift für unseren überaus strengen Klassenlehrer, einen altgedienten Vertreter seines Fachs, einen Mann, der geradezu manisch auf Ordnung hielt.

Eines Tages, im Winter, als das Essen im Klassenraum ausgegeben wurde, drängte sich Laurenz wieder so sehr vor, daß der Lehrer aufmerksam wurde. Er ermahnte ihn kurz und scharf. Als der Junge den Kübel glücklich erreicht hatte und sein Geschirr wie immer weit vorstreckte, verpaßte ihm jemand einen leichten Stoß, und der Geneckte gab einen Laut des Unmuts von sich. Das ging zu weit.

Der Lehrer hatte die große Kelle für den kleinen Flüchtling schon in die Suppe getaucht, jetzt riß er sie heraus und schleuderte dem armen Kerl voller Wut den noch recht heißen Inhalt mit einem Schlag mitten ins Gesicht.

Blankes Entsetzen in der Klasse. Die Schüler, die noch in der Reihe warteten, wichen zurück, uns anderen, die wir schon auf unseren Plätzen aßen, stockte der Atem. Und Laurenz Dabke?

Nach einem kurzen Erstarren wurde es lebendig in seinem Gesicht. Mit weit herausgestreckter, kreisender Zunge leckte er sich wie ein Hund, mit den Händen schob er aus den Haaren, von der Stirn, den Backen und von der Brust her die herabtropfende dickflüssige Suppe in den Mund, nur darauf bedacht, möglichst viel von der kostbaren Nahrung in sich hineinzuretten. So etwas hatte die Klasse noch nicht gesehen.

Als Laurenz begann, mit dem Löffel einige Reste vom Boden zu kratzen, gebot der Lehrer Einhalt. Mit einem Anflug von Mitleid winkte er den Jungen heran und schüttete ihm eine zweite Kelle diesmal in die Schüssel, zwar nur halbvoll, aber immerhin. Laurenz bedankte sich mit einem tiefen Diener, ging dann schweigend auf seinen Platz und löffelte die Suppe zufrieden aus.

Merkwürdigerweise sprach niemand in der Klasse danach mit ihm über die Sache, und auch untereinander redeten wir nicht darüber. Doch wir ließen Laurenz jetzt in Ruhe, wir hatten nichts dagegen, wenn er der erste in der Reihe war, und manchmal gaben ihm einige von ihrem Essen ab oder schenkten ihm ein Butterbrot. Außerdem durfte er jetzt mit fußballspielen. Sogar der Lehrer ging freundlicher mit ihm um.

So sehr es verwundern mag, das Verhalten der Lehrer wurde damals kaum kritisiert. Selbst wenn sie einen Jungen so schlimm behandelten wie den arglosen Laurenz, blieben sie ungeschoren, und von Disziplinarverfahren oder gar Suspendierungen hörte man selten.
Viele von ihnen gaben sich ja auch Mühe mit uns. Sie waren eben selbst ‚Kinder ihrer Zeit' und hatten viel durchgemacht. Die Bedingungen waren schwierig für sie, und man konnte nicht erwarten, daß die Schule ein Garten Eden war. Wenn es zu üblen Vorkommnissen kam, dann durch fanatisierte oder gar sadistische ‚Pädagogen', die während der Nazizeit den Spruch ‚Gelobt sei, was hart macht' auf ihre Weise verwirklichten und sich nach dem Krieg nicht umstellen konnten oder wollten..."

Angela hatte ganz rote Wangen, nachdem sie zu Ende erzählt hatte, fast, als sei sie noch das kleine Mädchen von damals, das sich so aufgeregt hatte. Nachdenklich nickten viele ihr zu, erinnerte sich doch so mancher daran, was er ausgestanden hatte, wenn die Lehrer sich nicht hatten beherrschen können.
Der Tierarzt umarmte die Bibliothekarin und lobte sie enthusiastisch. Dann sah er zu Hans und mir hinüber, als erwarte er jetzt etwas von uns. Wir hielten uns jedoch zurück und ließen anderen den Vortritt, die nun mit funkelnden Augen einiges von dem zum besten gaben, was sich in seligen Schülerzeiten zugetragen hatte.
Der weißhaarige Meiners erzählte von unserer ach so prüden Biologielehrerin, die bei solch hinreißenden Themen wie der „Befruchtung und Furchung des Kanincheneis" einen roten Kopf bekam, während wir uns in der Kunst übten, mit offenen Augen einzuschlafen. Ihr war aufgetragen, in gesonderten Kursen die älteren Mädchen der Schule ‚geschlechtlich aufzuklären', und die berichteten uns dann anschließend, welch verwirrende Details sie vernommen hatten, die von der stets verlegenen Pädagogin auf recht abstrakten Schautafeln dargeboten wurden, was dem guten Zwecke diente, die Mädchen nur ja nicht die eigene Sexualität entdecken zu lassen.
Beim gemeinsamen Biologieunterricht ging es irgendwann einmal um die Sinnesorgane der Fische, wie scharf etwa deren Augen seien oder ob sie gut hören könnten. Zuletzt stellte die Naive die Frage, ob Fische denn auch wohl riechen könnten? Jürgen Sievers meldete sich nach einer Weile und sagte: „Durchaus, Frau Studienrätin, wenn sie tot sind und lange genug in der Sonne gelegen haben."
An das brüllende Gelächter danach erinnerte sich die ganze Klasse noch.

Die heikle Aufgabe, uns Jungen in die Geheimnisse der menschlichen Fortpflanzung einzuweihen, oblag dem in diesen Dingen ebenso bemühten wie hilflosen Religionslehrer, der die vertrackte Unterrichtsreihe mit dem sensationellen Hinweis eröffnete, daß wir von nun an zwei Geschlechter zu unterscheiden hätten.

Ein Dr. Metzger war in der frühen Nachkriegszeit an unsere Schule gekommen, ein Flüchtling aus Schlesien und einer der wenigen, der das Glück hatte, gleich als Chemielehrer eingestellt zu werden. Aber er war verbittert und konnte nicht verwinden, daß er sein geliebtes Breslau hatte verlassen müssen. Ständig beschimpfte er unsere Stadt als erbärmliches, kulturloses Kaff und rächte sich an uns mit miserabler Laune und schlechten Noten. Dabei trat er mit seinem Notizbuch nahe an seine Kandidaten heran, prüfte kurz und rigoros, um sofort eine Fünf oder Sechs einzutragen.

Eines Tages erschien in unserer Klasse ein neuer Schüler, auch ein Flüchtling, der sich verschüchtert und ängstlich auf einen der hinteren Plätze setzte. Dr. Metzger kam schon am zweiten Tag auf ihn zu, um ihn als willfähriges Opfer niederzumachen.

„Steh' auf", herrschte er Zitternden an, „sag, wie du heißt und woher du kommst!"

Der Neue – es war der verstorbene Fritz Manner – nannte leise seinen Namen und stammelte dann, daß er aus Breslau sei.

„Breslau???" Des Lehrers Stimme wurde plötzlich ungewohnt weich, fast zärtlich. Er zog sein Notenbuch und verkündete, ohne auch nur eine einzige Wissensfrage gestellt zu haben, laut dröhnend ein „Breslau – das gibt eine glatte Eins", die er auch sogleich eintrug. Wir konnten es kaum glauben, wagten aber weder zu fragen oder gar zu widersprechen. Nur Michael hob den Finger und erkundigte sich, warum der Neue diese doch einmalige Note bekommen hätte.

Metzgers Antwort?

„Davon versteht ihr zwar nichts, aber ich werde es euch trotzdem erklären. Die Sache ist nämlich die, daß, wenn jemand aus Breslau stammt, er in Chemie automatisch ein As ist! Und damit basta!"

Auch diese absonderliche Begebenheit hatten sie meisten nicht vergessen, und noch geraume Zeit unterhielt man sich über den griesgrämigen Pädagogen, der im übrigen ein guter Pianist war und später auf undurchsichtige Weise ums Leben kam.

Unsere noch ziemlich junge Englischlehrerin ärgerten wir, indem wir uns, als es das ‚Ti-eitsch' zu artikulieren galt, wesentlich blöder stellten als wir waren und den Lernprozeß damit ins schier Unendliche dehnten. Während unserer Flegeljahre brachten wir ihr beinahe täglich obszöne englische Vokabeln mit, die wir aus einem umfangreichen Wörterbuch herausgefischt hatten und um deren Übersetzung wir sie mit größtmöglicher Unschuld baten.

Erst nach und nach hatte sie damals unser fieses Spiel durchschaut, und allen fiel wieder ein, wie der netten jungen Frau eines Tages so fürchterlich der Kragen geplatzt war.

Nach Meiners meldeten sich einige andere zu Wort, die bald, je nach der Schärfe ihrer Pointen oder des Talents, ehemalige Lehrer und Mitschüler in Mimik, Gestik und Tonfall imitieren zu können, großen Anklang fanden und mit viel Beifall bedacht wurden.

Vor allen tat sich hier Heinz Kern hervor, ein früher wenig beachteter, kleingewachsener Junge, der jetzt Finanzbeamter war und der es, vielleicht, um sein trockenes Metier ein wenig auszugleichen, in dieser Art der Unterhaltung zu bemerkenswerter Meisterschaft gebracht hatte. Er konnte sich an unwahrscheinlich viele Dinge erinnern, wurde nach seinen Darbietungen stürmisch gefeiert und schien den glücklichsten Abend seines Lebens zu verbringen, nicht zuletzt, weil ihn seine ebenso kleine Frau anstrahlte, als sei er Frankenfeld und Juhnke in einer Person.

Danach bedrängten alle Hans und mich. Von der Schule wollte ich nicht berichten, da war Heinz Kern nicht zu übertreffen. Weil mir nichts Besseres einfiel, erzählte ich die Geschichte von unserem Zirkus und dem Kapitalismus.

„Vielleicht wißt ihr noch", begann ich, „wie es 1948 war, als die neue Währung, die Deutsche Mark, eingeführt wurde. Damals waren wir in der Untertertia, der achten Klasse also, und Geld hatte für uns bis dahin wenig bedeutet. Das änderte sich jetzt, als wir lernten, wie wertvoll es war und was es mit dem Wort ,Kapitalismus' auf sich hatte. Auf höchst ernüchternde Weise wurden wir mit diesem Begriff während des darauffolgenden Jahres konfrontiert, und zwar in der Zeit, als wir Zirkus spielten.

,Spielten' ist eigentlich nicht richtig ausgedrückt, denn wir nahmen unseren Zirkus bitterernst; er war einen Sommer lang das Wichtigste in unserem Leben.

Wir, das waren außer Hans und mir vor allem mein jüngerer Bruder und Michael, die beide ja ausgezeichnet turnen konnten und in unserem Zirkus die Artisten sein sollten. Dazu ein Nachbarmädchen, flink und frech, sie wurde zur Trapezkünstlerin. Die Besetzung der Clownrollen war leichter. Wir kannten ja einige Jungen, die in ihrer Klasse die Kasper waren und täglich von den Mitschülern gehänselt wurden.

Sie hatten gelernt, sich mit Jokes und ulkigem Verhalten dagegen zu wehren und brauchten sich nur zu verkleiden, aber nicht zu verstellen, um größte Wirkung zu erzielen. Einer von ihnen war Richard Blome, unser Richard, der inzwischen leider ja verschollen ist.

Den Part eines Zauberkünstlers übernahm ich, ein Buch über Magie und andere Tricks war die Grundlage meiner Vorführungen. Hans war der technischer Leiter, unser Manager. Wir spielten im Obstgarten hinter unserem Haus, das die meisten von euch sicher noch kennen. Platz war ja genug unter den hochstämmigen Apfelbäumen, nur auf die Salat- und Gemüsebeete galt es achtzugeben, das konnte Ärger mit unseren Eltern geben und zum jähen Abbruch der gesamten Unternehmung führen.

Zuschauen sollten eigens eingeladene Verwandte und Bekannte, möglichst mit vielen Kindern, dazu aber auch Fremde. Wir machten eifrig Reklame.

Wir organisierten und bauten, übten und probten über zwei Monate lang, an jedem Tag. Sägemehl für die Manege durften wir uns aus Hempels Holzfabrik holen, die Ziegelsteine für die Umrandung besorgten wir aus dem Trümmergrundstück von Willemsens. Und, oh Wunder, es gesellte sich noch ein Bauernjunge aus unserem Nachbardorf zu uns, der doch wahrhaftig ein Pferd einbrachte, einen alten Gaul zwar, friedlich und duldsam – aber welche Attraktion! Unsere beiden Artisten" – ich sah zu Michael hinüber – „beherrschten Salti und Flic-Flac aus dem Eff-Eff. Als Sprungbrett für weitere Nummern dienten ihnen zwei Bretter, die uns der alte Hempel geschenkt hatte. Außerdem war Michael, der heute hier so ruhig unter uns sitzt, früher ein wahrer Akrobat im Stelzenlauf; das wißt ihr vielleicht noch. Dazu konnte er jonglieren wie ein Weltmeister.

Das Trapez aus dicken Seilen mit der eigenhändig glatt geschmirgelten, hölzernen Turnstange hing sicher verankert an einem mächtigen, waagerecht ausladenden Ast des größten Baums, und unser biegsames Mädchen war die ausdauerndste, wenn es ums Trainieren ging.

Die Begeisterung wuchs mit jedem Tag, und bald konnten wir die Eintrittskarten, nein, nicht drucken, das gab es für uns damals nicht, sondern malen, fein säuberlich, vor allem den Preis, 20 Pfennig für Kinder, 40 Pfennig für Erwachsene. Dann wurden die Billets ausgeschnitten und in der Kasse, einer leeren Zigarrenkiste meines Vaters, deponiert. Ein Werbeplakat hing an unserem Haus.

Wenige Tage vor der ersten Aufführung erschien überraschend ein Junge aus der weiteren Nachbarschaft, ein etwas linkischer, albinoartig wirkender Fünfzehnjähriger. Seine Eltern hatten ein Geschäft und waren reich. Er war unsportlich, hockte meist zu Hause und war desinteressiert an unseren Vergnügungen. Die meisten wollten nichts mit ihm zu tun haben, weil er außerordentlich rechthaberisch war. Wißt ihr, wen ich meine? Er war in der Klasse unter uns.

Fast unterwürfig fragte er mich, ob auch er beim Zirkus mitmachen dürfe. Mir war völlig unklar, wo man ihn, dazu noch in letzter Minute, einsetzen könne. Er wollte aber etwas ganz anderes. Zu einem Zirkus gehöre doch, meinte er, so etwas wie eine Bude, ein Verkaufsladen, vor dem Eingang, das sei doch etwas, da würden auch mehr Leute kommen, wenn man einiges kaufen könne, Süßigkeiten vielleicht oder dies und jenes. Das leuchtete mir ein, zumal er sofort zustimmte, als ich ihm sagte, daß er ja nicht während der Vorführung verkaufen dürfe, weil er damit unser Programm störe.

Am Tag der Premiere, vormittags, rückten zu unserer Verwunderung zwei Männer an. Ehe wir etwas sagen konnten, stellten sie am Eingang unseres Zirkus den Stand auf, ausladend, mit Holzgerüst, darüber eine leuchtend gelbe Plane. Ein großes blaues Tuch deckte die Verkaufsfläche. Es gelang uns soeben, gegen den Protest der Arbeiter, die im Moment das Terrain zu beherrschen schienen, den Stand wenigstens ein Stück weit beiseite zu schieben, damit man überhaupt noch unseren Zirkus sah.

Dann kamen die nächsten. Es waren Verkäufer aus dem Geschäft des Vaters. Aus mitgebrachten Kisten zauberten sie die schönsten Dinge hervor, massenhaft Süßigkeiten, Spielzeug aller Art, Quakfrösche und Papierschlangen, Revolver und Püppchen, Hampelmänner und selbst eine kleine Eisenbahn, kurz alles, was die Kinder so gern mögen. Das Ganze in allen Preislagen, aber sehr günstig, weit unter dem, was es im Geschäft kostete. Das erkannten wir schnell, als der Albino seine gedruckten Schildchen eifrig in die Auslage stellte.

Wir sahen es mit gemischten Gefühlen, waren aber erleichtert, als die erwachsenen Helfer endlich abzogen. Jetzt waren wir wieder Herr der Lage, und wirklich, großartig sah der Zirkus aus! Die Manege weiß schimmernd unter dem Laubdach der Bäume, im Hintergrund die farbigen, an einer Wäscheleine aufgehängten Decken, aus denen in wenigen Stunden die Akteure hervortreten sollten, das leicht im Wind schwebende Trapez und – nun ja, sogar der Verkaufsstand, wenn er auch reichlich überdimensioniert wirkte. Und bald würde das Pferd kommen!

Um vier Uhr sollte es losgehen, doch schon gegen drei erschienen die ersten Zuschauer. Brav kauften sie zwar ihre Eintrittskarten, schlenderten dann aber sofort zur Bude, die bald von einer Menschentraube umlagert war. Unser Pferd, das jetzt herantrabte, konnte nur kurz die Aufmerksamkeit ablenken von den Herrlichkeiten, die der Albino in seiner gelben Klause feilbot. Und als ein Signal den Beginn der Vorstellung ankündigte, dauerte es lange, bis die letzten sich vom Stand lösten und ihre Plätze um die Manege einnahmen.

Was soll ich von der Aufführung erzählen? Sie war großartig, alle gaben ihr Bestes. Michael zeigte atemberaubende Kunststücke, mein Bruder ließ sich nicht anmerken, daß er sich bei einem Hechtsprung über mehrere Hindernisse an der Schulter verletzte, das Mädchen am Trapez hauchte tapfer in ihre zerschundenen Handflächen und machte weiter, der Bauernjunge voltigierte, wenn auch ungelenk, auf seinem Pferd, und bis auf einen kleinen Patzer saßen auch meine Zaubertricks. Die Clowns, besonders Richard, wurden bejubelt, und lang anhaltendes Klatschen belohnte uns schon zur Pause.

Doch wie ärgerlich – sogleich strömte alles wieder zum Händler, und fast widerwillig erschienen die Zuschauer zum zweiten Teil, beladen mit buntem Krimskrams aller Art.

War unser Programm nicht richtig aufgeteilt, wurden die Artisten schon ein wenig müde oder lag es an der Spielsucht der Kinder, dieser zweite Teil jedenfalls ging ein wenig unter in der Unruhe der Besucher, im Gequake der Blechfrösche und Aufblasen der Papierschlangen, im Getute von Spielzeugtrompeten und dem Geschrei der lieben Kleinen. Dennoch, rauschender Beifall für uns am Schluß, als wir beim Finale noch einmal alle Register zogen.

Die Vorstellung zu Ende, ein großer Erfolg, den wir jetzt in unserer Freiluftgarderobe genossen, mit glänzenden Augen und struppigen Köpfen, bei Apfelsaft und Brause. Freudestrahlend kam Clown Richard mit der Tageskasse herein. Über 35 DM waren zusammengekommen, wie wunderbar. Jeder würde fast vier Mark Gage erhalten! Am nächsten Samstag sollte es weitergehen, die zweite Vorstellung war beschlossen.

Mitten in unsere Siegesfeier hinein platzte dann der Albino. Auch er trug eine Kasse im Arm, nur war sie aus Metall und besaß ein Schloß.

Seine letzten Kunden waren eben erst gegangen, und vor unseren Augen vollzog er den Kassensturz. Genüßlich ließ der Raffzahn Scheine und Münzen aus der Kasse auf einen kleinen Tisch purzeln, er begann zu zählen und zu stapeln; und triumphierend schaute er uns dabei an.

Es waren mehr als 200 DM, die er eingenommen hatte! Stolz versicherte er, das Geld dürfe er behalten, der Vater habe ihm ja ausrangiertes Zeug aus dem Geschäft gegeben, Ramschware sozusagen.

Und er schämte sich nicht, seine Einnahme mit der unseren zu vergleichen! Das war zuviel! Als hätten wir uns verabredet, erhoben wir uns, wir, die Künstler, und ließen ihn stehen, diesen erbärmlichen, Geldgeier, der uns obendrein noch die Show hatte stehlen wollen. Am nächsten Tag holten Angestellte seines Vaters den Verkaufsstand ab. Er selbst zeigte sich nicht mehr. Aber uns dämmerte jetzt, was Kapitalismus ist.

Es gab noch zwei Vorstellungen, sie waren aber schwach besucht, und trotz unseres Einsatzes, irgendwie war das Feuer weg, die Freude nicht mehr da wie beim erstenmal. Dann verschlechterte sich das Wetter, die Manege versank im Schlamm und wir konnten nicht mehr auftreten. Die Obsternte stand bevor, der Vater mahnte uns, endlich abzuräumen. Das geschah, und wir waren nicht wenig traurig.

Aber trotz allem, schön war sie doch, die Zeit, in der wir Zirkus spielten...“

Kaum hatte ich zu Ende erzählt, ging ein lebhaftes Gerede los. Einige erinnerten sich noch gut an unseren Zirkus, sie wollten wissen, wer das Mädchen gewesen sei, andere, was aus dem Albrecht Hackmann geworden sei, denn längst hatten sie den Albino erkannt. Michael und Hans hatten mich ganz versonnen angeschaut, als sie nach so langer Zeit wieder von unserer großen Show hörten. Hans sagte dann, daß der Albrecht, den wir nach der Zirkuszeit immer ‚Raffi‘ nannten, später, als das die Eltern starben, von seinem älteren Bruder und dessen Frau bei der Erbfolge übel ausgebootet worden sei und als kleiner Angestellter irgendwo im Ruhrgebiet lebe, voller Ärger über die Verwandten, die das Geschäft zum größten Kaufhaus der Stadt gemacht hätten. Unsere kleine Trapezturnerin, meinte dann einer aus der Klasse, der sie und ihre Familie kannte, sei inzwischen völlig heruntergekommen und vegetiere als Nutte im Bordellviertel von Hannover. Sie sei in jungen Jahren von einem ihrer Onkel mißbraucht worden und danach nicht wieder auf die Beine gekommen.

Das war mir neu, und ich schaute meinen Freund fragend an. Auch er hatte davon nichts gewußt.

Nun war Hans an der Reihe. Eine Weile überlegte er, dann begann er, vielleicht weil er an dessen damalige Rolle als Clown und an sein späteres, trauriges Leben dachte, vor allem aber wohl, weil viele sich immer wieder den Namen des Unglücklichen zuflüsterten, von Richard Blome zu erzählen, und zwar von dem unsäglichen Vorfall im Büro der Ölgesellschaft.

Alle waren betroffen, als sie von der schändlichen Erniedrigung des Ärmsten hörten, und manche vermuteten nicht zu unrecht, daß vor allem diese Sache seine Flucht und sein Verschwinden ausgelöst haben könnte. Besonders Elke, die neben ihrem nichtssagenden, phlegmatischen Mann saß, echauffierte sich, und ihr mächtiger Busen bebte, als sie sich über das unmenschliche Verhalten des Dr. Heider und letztlich der ganzen Welt entrüstete. Hatte sie ein schlechtes Gewissen?

Plötzlich ließ sich Hagen Fresinius vernehmen.

„Was habt ihr eigentlich", sagte er in verächtlichem Ton, „der Blome war oder ist, wenn er denn noch leben sollte, selbst schuld an seiner Misere. Er war doch früher schon ein Schwächling ersten Grades, was war da zu erwarten? Heuchelt nicht, daß er euch leid tut! Keiner von euch hat ihm geholfen, und das war sogar richtig. Jeder ist seines Glückes Schmied, heißt es doch so schön, und ‚Homo homini lupus', sagten die Lateiner, nicht wahr? Einer reißt den anderen, und jeder von uns lebt auf eines anderen Kosten, oder? Im Jenseits mag der Blome happy werden, aber hier auf Erden gelten andere Gesetze, nämlich die der Stärkeren!"

Bei seinen letzten Worten blickte er mit stechenden Augen in die Runde, und seine Hakennase sprang noch ein wenig schärfer hervor als sonst.

Empörung ringsum. Elke schrie auf, sie fuhr hoch, und es schien, als wolle sie über den hageren Klassenkameraden herfallen. Der stand ganz ruhig auf, aber nicht, um der Erbosten zuvorzukommen, sondern um die Toilette aufzusuchen. Ironisch lächelnd versicherte er, bald werde er wieder da sein und sich stellen, sofern es erwünscht sei.

Elke geriet nun völlig aus der Fassung. Sie fing an zu weinen, und Angela mußte sie umarmen und beruhigen. Als sie sich nach einiger Zeit gefangen hatte, blickte sie plötzlich zu Hans und mir hinüber, kam an unseren Platz und bat darum, uns unter sechs Augen – so drückte sie sich aus – sprechen zu dürfen. Es sei ihr ganz wichtig. Wir waren erstaunt, aber was sollten wir anderes tun als uns bei unseren Frauen zu entschuldigen und sie in die Hotelbar zu begleiten, der sie mit energischen Schritten entgegensteuerte.

Die Bar sah aus wie früher, war aber bei weitem leerer, als wir erwartet hatten. Wir setzten uns an den Ecktisch, genau wie damals, als wir zum erstenmal zusammen mit Michael hier waren. Elke bestellte drei Getränke, die sie auch sogleich bezahlte. Sie schaute sich vorsichtig um, dann begann sie zu reden.

„Ich bin immer noch ganz aufgeregt wegen der Sache von vorhin",
sagte sie, „von dem, was ihr über Richard erzählt habt und wie der
Fresenius über ihn hergezogen ist und darüber, daß er verschollen ist,
wovon ich bis heute nichts Genaues gewußt habe. Ich muß euch jetzt
etwas von früher sagen, etwas, über das ich noch nie mit jemandem
gesprochen habe, selbst mit Angela nicht. Ihr dürft es aber keinem
verraten, auch bitte euren Frauen nicht!.
Wir versprachen es, und sie redete weiter.
Erinnert ihr euch noch an die Nacht kurz nach dem Abitur, als wir bei
uns zu Hause gefeiert haben? Als ihr euch so anständig benommen
und eine gewisse Situation nicht ausgenutzt habt?"
Hans und ich sahen uns etwas entgeistert an.
„Wißt ihr, daß einige aus der Klasse uns danach Drohbriefe geschrieben haben? Daß sie euch auflauern und euch verprügeln wollten? Daß
sie versucht haben, unseren Eltern zu verklickern, wir seien in jener
Nacht von euch entjungfert worden?"
Wir waren baff. Zu solchen Dingen waren die Kameraden fähig gewesen? Wir wollten Namen hören, doch auch Elke konnte nur raten.
„Ich kann es nicht genau sagen, die Briefe waren anonym, aber geschrieben haben die, die immer hinter uns her waren, die uns nie in
Ruhe ließen, außer einem, und der war Richard. Als ich ihn nach der
miesen Post fragte, wußte er von nichts, und er war immer ehrlich, er
konnte nichts verbergen und wurde immer rot und stotterte, wenn
etwas nicht stimmte. Er tat mir leid, als ich ihn so scharf zur Rede
stellte. Vielleicht kam es auch deswegen zu dem, was ich euch jetzt
sagen will, zu einer sehr unangenehmen Sache nämlich. Ich erzähle es
nicht gern, aber es ist wichtig und wir sind ja auch keine Kinder mehr.
Außerdem bin ich so blau, daß ich mich überhaupt nicht mehr schä-
men kann.
Es passierte im Sommer nach dem Abitur, als die meisten von euch
nicht mehr in der Stadt waren, auch Angela nicht. Ich fühlte mich
damals ein wenig einsam und verlassen. Das Wetter war so schön im
Juli und August, und ich wäre gern schwimmen gegangen, hatte allein
aber keine Lust. Zufällig traf ich eines Nachmittags den Richard. Er
arbeitete die ersten Wochen als Lehrling in der Stadtverwaltung, und
er fragte mich ein wenig schüchtern, ob ich am Samstag mit ihm zum
Fluß kommen würde. Warum nicht, dachte ich, und sagte ja. Er war
überrascht, das merkte ich.
Wir fuhren zur Badestelle am Steilufer. Ihr wißt, daß Richard kein
guter Schwimmer war, wie sonst auch lag er meist auf seiner Decke
und starrte mich an, wenn ich aus dem Wasser stieg. Es war sehr

warm, und nach ein oder zwei Stunden schlug er einen kurzen Spaziergang vor. Wir blieben zuerst in Flußnähe, dann entfernten wir uns und waren plötzlich in den Wacholderbüschen. Wir setzten uns auf das weiche Moos, und dann versuchte er mich zu küssen. Aus Mitleid, aber auch, weil die Sonne so heiß auf meinen Körper brannte und ich es wohl wollte, ließ ich ihn gewähren. Er nahm seine Brille ab und wurde leidenschaftlich, aber mehr als ungeschickt. Mit nervösen Händen fummelte er an meinen Schultern und Brüsten herum und knutschte mich ab. Ich meinerseits tastete in seine Badehose, doch es war enttäuschend. Ich glaube, ihr könnt euch denken, was ich meine. Aber er reagierte, er wurde ganz wild und wollte auch mich beglücken. Er machte aber alles falsch und tat mir mit seinen Fingernägeln an empfindlichster Stelle derart weh, daß ich aufsprang und ihm eine scheuerte, und zwar mitten ins Gesicht.

Er sah mich entsetzt und ängstlich an, wie ein getretener Hund, dann rannte er weg zu seiner Decke, raffte seine Sachen zusammen und strampelte auf seinem Fahrrad davon, in Badehose, ohne sich umzuziehen.

Und seitdem habe ich ihn nicht mehr gesehen, nicht mehr gesprochen und nichts mehr von ihm gehört, weil ich im Herbst danach aus der Stadt fortgegangen bin. Jetzt, wo ich weiß, was alles mit ihm geschehen ist, da frage ich mich, ob ich nicht mit schuld bin an seinem Elend und daran, daß er womöglich nicht mehr lebt. Ich könnte heulen..."

Tatsächlich hatte Elke wieder Tränen in den Augen, die ihr bald auch über die Wangen kullerten. Es mochte beinahe lächerlich wirken, als wir ihr jetzt gerührt übers Haar strichen, doch wir sahen in der dicken, matronenhaften Frau noch das schlanke Mädchen von einst, das immer so keck seine Bardot-Mähne wehen ließ, und so fiel es uns nicht schwer, den Arm um sie zu legen und sie zu trösten. Keinerlei Schuld habe sie, sagten wir, ewig lang sei es doch her, und wer weiß, ob sie den Richard an diesem Sommertag für Momente nicht sogar glücklich gemacht habe. Nein, solch trübe Gedanken solle sie sich aus dem Kopf schlagen und jetzt ihr Glas mit uns leeren.

Das tat sie auch, um im gleichen Augenblick wieder über Fresenius zu giften, der doch so kalt und herzlos dahergequatscht hätte.

Wir tranken aus und gingen zurück in unseren festlich geschmückten Raum. Dort hatte sich inzwischen manches geändert. Fresenius war wieder da, während einige andere, so etwa die beiden Lehrertöchter, sich verabschiedet hatten. Und es hatte sich eine Gruppe gebildet, ein Pulk, in dessen Mitte sich Michael Hoberg und der bleiche Argentinier gegenübersaßen.

Angela war dabei, und sie schmiegte sich ohne Rücksicht auf ihren Mann an den schönen Klassenkameraden, wobei sie ihm ungeniert Einblick in ein recht gewagtes Dekolleté ermöglichte. Auch Gerhard Rolfes war anwesend, aber eher wohl seine Anne, und auch sie nicht zufällig in der Nähe Michaels. Feindselig blickte die junge Frau auf Hagen Fresenius. Unsere beiden Ehefrauen hielten sich etwas abseits. Wir setzten uns wieder zu ihnen und wurden kurz darauf Zeugen eines beachtlichen Wortgefechts.

„Fresenius", so wandte sich Michael an sein Gegenüber, „ich möchte dich fragen, ob du immer so über Schwächlinge denkst, wie du vorhin gesagt hast?"

„Natürlich", antwortete der Argentinier.

„Wie kommst du dazu, nach allem, was in diesem Jahrhundert passiert ist, und nachdem Charles Darwin, was die Menschheit betrifft, nicht nur theoretisch, sondern auch praktisch widerlegt ist, immer noch dessen Ideen so unausgegoren zu vertreten?"

„Aus meiner Lebenserfahrung heraus tue ich es, wenn es dich interessiert, mein Lieber!"

„Sie lehrt dich also, nur den Starken zu respektieren und den Schwachen zu vernichten? Wie bringst du das beispielsweise in Einklang mit deiner Mutter?"

Hagen Fresenius wurde blaß, soweit das bei seiner Gesichtsfarbe überhaupt möglich war, während die junge Anne fast in die Hände geklatscht hätte. Sie rückte näher an Michael heran, wie um deutlich zu machen, auf wessen Seite sie war. Ihr Mann folgte ihr nicht.

„Darwin verlangte nie, alte Leute umzubringen, sondern sie friedlich sterben zu lassen", preßte Fresenius zwischen den Zähnen hervor.

„Nein, Hoberg", sagte er dann, „ich rede von den jungen Schwächlingen, die sich überall, auch in meinem Land, herumdrücken, die jeder Arbeit aus dem Weg gehen, Alkohol und Drogen schlucken, ihre Eltern ausnutzen, klauen, auf den Strich gehen, alten Frauen die Handtaschen wegreißen und dann behaupten, die Gesellschaft oder eine zerrüttete Kindheit seien Schuld an ihrem sinnlosen Dasein."

„Meinst du nicht, daß wir ihnen helfen sollten?"

„Nein, auf keinen Fall!"

Du würdest sie zugrunde gehen lassen?

„Ja."

„Auch, wenn es deine eigenen Kinder wären?"

Meine Kinder sind nicht so, wenn aber doch, dann täte ich es."

Die Frauen sahen sich fassungslos an.

„Ihr Lieben hier", fuhr Fresenius fort, „ihr mit euren Gefühlsduseleien. Euch fehlen einige Jährchen in der Wildnis, in den Steppen Argentiniens, wo man auf sich selbst und seine Kraft angewiesen ist, Mann wie Frau, und wo man nur überleben kann, wenn man hart ist zu sich und zu anderen. Ich habe es erlebt, ihr nicht. Dort gibt es keine Drogenkranken."

„Wie stehst du denn zu den Problemen der Industriegesellschaft, der hemmungslosen Macht des Kapitals, der totalen Rationalisierung, der teilweise gewollten Arbeitslosigkeit, dem Wandel der Werte in den anonymen und kalten Großstädten, dem Wegbrechen der Familien? Denkst du, das sei mit deiner ländlichen Philosophie in den Griff zu bekommen?"

Angela und Anne sahen Michael begeistert an. Fresenius hatte es nicht leicht, das spürte man, denn fast alle Zuhörer waren wohl mehr auf der Seite des Physikers. Nur einer, Gerhard Rolfes, schien dem Großfarmer zuzuneigen, aus bäuerlicher Solidarität vielleicht oder weil er den Einzelkämpfer ein wenig unterstützen wollte. Der sagte jetzt:

„Ihr in Europa werdet doch verwöhnt. Ihr seid eure daunenweichen Wohlfahrtsstaaten gewohnt, die euch alles abnehmen und die euch bemuttern von der Wiege bis zum Grabe. Eure jungen Leute werden verhätschelt und entmündigt, sie sind zu echter, harter Leistung nicht mehr fähig und versinken in Jammern, in idiotischem Konsum, in Faulheit, Popgeheul und Drogenrausch."

„Ganz unrecht hat Hagen in diesem Punkt ja nicht", mischte Gerhard Rolfes sich plötzlich ein.

„Das mußt du gerade sagen", zischte ihn seine Frau an, „du, der sich bei mir ins gemachte Nest gesetzt hast!"

Der Landwirtschaftsrat wurde rot bis in die Ohren und hütete sich, dazu auch nur im geringsten etwas anzumerken.

Michael wurde plötzlich sehr ernst. Dann, nach einigem Überlegen, fragte er plötzlich:

„Waren die Juden im Dritten Reich auch Schwächlinge?"

„Im gewissen Sinne ja", erwiderte Fresenius.

„Das mußt du uns erläutern", forderte Michael, während die anderen schockiert schwiegen.

„Gut, ihr seid erstaunt, so etwas zu hören, aber ich kenne kein Tabu, ich rede über alles. Ich war vor einigen Jahren in Israel, um den dortigen Fleischmarkt zu sondieren, ich wollte einmal selbst schauen und nicht alles meinem Agenten überlassen.

Bei einem Besuch im Landwirtschaftsministerium hatte ich mit einem jüdischen Staatssekretär zu tun, und mit dem habe ich mich über so manches unterhalten. Er kannte übrigens meinen Namen, vom Vater her, da war ich überrascht. Ich hätte ihn allerdings ohnehin nicht verleugnet. Dieser Mann nun war der Meinung, als wir einmal über den Holocaust sprachen, seine Glaubensbrüder hätten sich damals nicht so willen- und widerstandslos wie das Schlachtvieh in den Tod treiben lassen sollen, sondern sie hätten sich wehren sollen, wie es vereinzelt nur geschah, um dann tapfer zu sterben."

„Warst du einmal im Museum Auschwitz?" fragte Michael.

„Nein, und ich werde auch nicht dorthin fahren."

„Ich war dort, und an diesem Ort könntest du alles sehen, was dich mehr verstehen ließe. Das Stammlager und die riesige Fläche von Birkenau, nicht ganz so groß vielleicht wie deine argentinischen Besitzungen, dafür aber grausamer als deine gesamte Wildnis. Du würdest vor den Baracken des Frauenlagers stehen, gegen die deine Viehställe reinste Luxusbehausungen sind, du schautest auf die halbzerstörten Gaskammern und Krematorien, die Rampe, die Galgen und die Folterkeller, die Abspritzräume und die Todeswand. Du würdest erschrecken vor den Haufen der abgeschnittenen Mädchenhaare, vor den geraubten Koffern und den abgeschnallten Bein- und Armprothesen, auch vor denen von Kindern, woraus du die unendliche Zahl der Opfer hochrechnen könntest. Dann würdest du neben vielem anderen auch erkennen, daß ein Widerstand in den Lagern nicht möglich war. Diese Einsichten fehlen dir, Fresenius!"

„Glaubst du, ich wollte die Morde an den Juden leugnen? Nein, mein Bester, in diese Schublade ordne mich bitte nicht ein! Mein Vater hat mir von diesen Dingen schon erzählt, als noch längst nicht alle davon wußten. Aber ich stehe zu dem, was ich von dieser Opfermentalität sagte."

„Dann hätte dir dein Vater auch erzählen müssen, wie perfekt die Tötungsmaschinen Hitlers funktionierten und wie wehrlos die Juden waren, zumal sie auch vom Ausland im Stich gelassen wurden. Du sprachst vorhin von den Starken, von denen, die mit Einsatz, Kraft und Geschick ihre Imperien aufgebaut haben. Aber weißt du auch, daß hier bei uns ganze Kaufhausketten, Fabriken, Geschäfte, Häuser und Grundstücke aus jüdischem Besitz nach dem Progrom für verdammt wenig Geld und Anstrengung in die Hände arischer Mitbürger gewechselt sind, die dann nach dem Krieg in den Wirtschaftswunderzeiten zu teilweise gigantischen Kapitalisten mutierten, ohne jemals zur Kasse oder Rechenschaft gebeten zu werden? In jeder Stadt und fast in jedem Dorf geschah das, und zu gern möchte ich einmal wissen, wie viele Milliarden an Deutscher Mark da zusammenkämen.

Oder denke an die Firmen mit den großartigen Emblemen, die Hunderttausende von Zwangsarbeitern und Häftlingen ohne Lohn schuften ließen, das Geld nur so scheffelten und nach dem Krieg taten, als sei nichts gewesen!

Heute leben die Aktionäre dieser Betriebe und die arischen Unschuldslämmer hochangesehen auf ihren Pfründen, sitzen in demokratischen Gremien, in Stadt- und Gemeinderäten, und verhindern, daß diese Themen jemals auf die Tagesordnung kommen. Sind das deine Starken, Fresenius?"

Die Anne würde den Michael jetzt am liebsten umarmen, flüsterte mir Christina in diesem Augenblick zu. Auch Angela schaute den Klassenkameraden wieder bewundernd an. Obwohl Fresenius merkte, daß fast alle und vor allem die Damen gegen ihn waren, gab er sich keineswegs geschlagen.

„Du redest mir zuviel von der Vergangenheit, Hoberg. Daß da nicht alles sauber abgelaufen ist, brauchst du mir nicht zu sagen, und daß ich solche verachte, die wenig oder nichts aus eigener Kraft geschafft haben, ist klar. Aber ich komme zum Thema zurück, zur Frage von Leben und Überleben, zum Kampf ums Dasein, wie man so schön sagt.

In der Tierwelt frißt eines das andere, aber was wäre, wenn das nicht geschähe? Die Savannen, Steppen und Wälder würden überquellen von Viechern, alles würde kahlgefressen und kaputtgetrampelt. Du sagtest eben etwas von einer Hochrechnung bei den Opfern von Auschwitz. Setze mal eine andere Hochrechnung an. Gehe mal von den Menschenmassen aus, die durch die zwei Weltkriege und die unzähligen blutigen Konflikte der letzten zwanzig oder dreißig Jahre umgekommen sind, und stelle dir vor, die hätten alle überlebt und Nachkommen gezeugt, die sich dann wieder vervielfältigt hätten – ich glaube, wir könnten den ‚Laden Erde' dichtmachen!"

„Willst du damit sagen, daß Kriege notwendig sind für das Überleben der Menschheit, und redest du damit einem hemmungslosen Töten das Wort?"

„Ja, eigentlich schon."

Jetzt konnte sich Michael kaum noch beherrschen. Erregt sprach er von ethischen Werten, vom Recht auf Leben, von der höchsten Verpflichtung des Menschen und von der Verantwortung der Mächtigen. Dann meinte er, die Erde biete genug Platz für alle, mit Hilfe immer besserer Technik werde die Ernährung sichergestellt, im Gegenteil, gerade die Kriege hätten viel zerstört und immer nur geschadet und nie geholfen. Am Ende fragte er Fresenius, ob er überhaupt einen Menschen töten könne. Er sei dazu nicht imstande.

Fresenius antwortete: „Ich habe es schon getan."

Alle wichen zurück.

„Ja, natürlich. Ich habe einmal einen aufsässigen Gaucho erschossen, der bei einer Auseinandersetzung um höhere Löhne ausrastete und mir ans Leder wollte. Es hätte übel für mich ausgehen können, wenn ich nicht schnell reagiert hätte.."

Die Diskussion war damit beendet. Was sollte noch gesagt werden? Angewidert sahen Angela, Elke und Anne den Argentinier an, kopfschüttelnd stand Michael auf und verschwand in Richtung Bar. Wir folgten ihm, um noch ein wenig miteinander zu sprechen, denn wir waren aufgeregt genug. Ein letztes Glas Wein und ein Kaffee für unsere beiden Frauen sollte dann aber den Abend auch beschließen, denn es war spät geworden. Einige andere kamen nach, zwei oder drei, die dem Disput zugehört hatten, dazu Angela mit ihrem Mann, und Elke. Hagen Fresenius war verschwunden.

Am Eingang zur Bar erschien auch Gerhard Rolfes mit seiner Anne. Unschlüssig stand er da, er wirkte müde und schlecht gelaunt. Offensichtlich wollte er schlafen gehen, während die junge Frau Angela und Elke mit einem Zeichen andeutete, daß sie gleich bei ihnen sein werde. Nach einigem Hin und Her gab sie ihrem Mann die Hand und verabschiedete sich von ihm. Im Foyer drehte er sich noch einmal um, wähnte seine Frau aber wohl in guten Händen, als er sie auf die beiden Klassenkameradinnen zugehen sah.

Wie gründlich er sich irren sollte, war schon nach wenigen Minuten zu beobachten. Michael saß an der Bartheke, links neben ihm Angela, dann ihr Mann, der sich reichlich überflüssig vorkommen mußte, aus begreiflichen Gründen seiner Frau aber nicht von der Seite wich. Elke redete etwas weiter rechts auf Meiners und den Barkeeper ein.

Die junge Anne zögerte nicht und eroberte in kessem Schwung den Hocker an Michaels rechter Seite. Dieser nahm sie erst jetzt wohl so richtig wahr, denn er reagierte zunächst fast erstaunt. Doch dann kamen die beiden sich näher, sie stießen mit ihren Gläsern an und schienen sich über Fresenius zu unterhalten. Wie von selbst entspann sich etwas zwischen ihnen, und Anne tat so einiges, um dem schönen Mann zu gefallen, wobei sie ihre körperlichen Reize auf rührende Weise auszuspielen begann.

Er brauchte sich bei ihr, zu welchem Ziel auch immer, kaum anzustrengen und rannte weit offene Türen ein, denn längst hatte sie sich in ihn verliebt, aber keineswegs nur, weil er so gut aussah, sondern weil sie sich ihm seelenverwandt fühlte, weil sie hingerissen war von der Art, wie er dem Fresenius Paroli geboten, ja ihn in ihren Augen mit seinen Argumenten restlos platt gemacht hatte. Und schön waren diese Augen, mit denen sie Michael unentwegt anstrahlte, während sie alles um sich vergaß und einen ersten Kuß glühend erwiderte. Angela sah es mit wenig Begeisterung, ihren Mann dagegen stimmte es froh, so sehr, daß er allen noch Anwesenden eine Runde spendierte.

Es war lange nach Mitternacht und an der Zeit, endlich aufzubrechen. Hans ließ ein Taxi bestellen, das auch bald eintraf Dennoch waren wir die letzten, die sich im Foyer voneinander trennten, wobei wir uns für den morgigen Stadtrundgang verabredeten. Michael und Anne waren da schon Arm in Arm die Treppen hinaufgeschlendert. Als Christina und ich oben durch den Flur kamen, sahen wir sie eng umschlungen an seiner Tür stehen. Wollten sie sich voneinander verabschieden? Diskret schauten wir weg und verschwanden in unserem Zimmer.

Im Bett meinte Christina, sie habe so etwas schon geahnt, aber sie schlief ein, bevor wir länger darüber reden konnten.

Hatte ich zuviel getrunken oder war ich noch zu sehr mitgenommen vom all dem, was heute auf mich eingestürmt war? Jedenfalls fand ich keine Ruhe, und um meine Frau nicht zu stören, stand ich nach ungefähr einer halben Stunde leise auf, zog meinen Bademantel an und ging hinaus in den Flur.

Während ich auf- und abschritt, hörte ich Geräusche. Ich folgte ihnen und stand vor der Tür Nr.15, Michaels Zimmer also. Der ‚Schwan' war kein Hotel der Luxuskategorie mit doppelten, schallisolierenden Türen und Vorfluren, und deshalb vernahm ich jetzt deutlich die ewig gleichen Laute der körperlichen Liebe, ein verhaltenes, helles und ein dunkles, gutturales Stöhnen.

Schnell wie ein Dieb entfernte ich mich, und ich schämte mich, von einer Sache zu wissen, die zumindest mich gar nichts anging. Ich beeilte mich, in unser Zimmer zu kommen, und lag auch schon im Bett.

Mir schoß so manches durch den Kopf. Ich dachte an den Gerhard, an seine Selbstzufriedenheit, seinen Bauernhof und an seinen Wunsch, bald Vater vieler Kinder zu sein. Mir fiel ein, wie jähzornig er in seiner Jugend gewesen war. Ob er sich geändert hatte? Und ich dachte an seine junge Frau, die jetzt bei Michael war.

Schließlich wünschte ich, Morpheus, der Gott des Schlafes und der Träume, möge es in dieser Nacht gut meinen mit dem Landwirtschaftsrat und ihn nicht gewahren lassen, daß seine Anne erst bei beginnender Morgendämmerung ins eheliche Doppelbett schlüpfte...

Ich mußte eingeschlafen sein, denn als ich aufwachte, war es heller Tag. Christina war bereits aufgestanden und angekleidet. Sie lachte, als ich sie etwas ratlos ansah, denn ich wußte zuerst nicht, wo ich war. Dann reimte sich alles zusammen, und rasch stand ich auf, um rechtzeitig zum Frühstück fertig zu werden. Dazu sei es wohl etwas spät, bemerkte meine Frau mit einem Blick auf die Uhr, und amüsierte sich ein zweites Mal.

Nach hastiger Rasur, Duschbad und eiligem Anziehen – genau wie gestern, sagte Christina – gingen wir hinunter in einen schönen Raum nahe der Terrasse des Hotels, und hier wenigstens hatte meine Frau einmal unrecht, denn ein sehenswertes Büfett wartete auf uns, und es war noch nicht zu spät.

Zwar gehörten wir zu den letzten, die frühstückten, aber um so ungestörter konnten wir das reichhaltige Angebot nutzen, das eigentlich mehr einem Brunch glich, weil eine Mamsell neben den üblichen, aber ausgesucht feinen Zutaten auf Wunsch auch kleine, warme Gerichte zubereitete. Ein Stand mit Meeresfrüchten ergänzte das Ganze, und wir beschlossen wie einige andere auch, auf ein Mittagessen zu verzichten, zumal es schon auf zwölf zuging.

Als letzter erschien Michael, und ich schaute ihn verstohlen an. Er begrüßte uns jedoch völlig unbefangen, war bester Laune und aß mit gutem Appetit. Von Herbert Meiners erfuhren wir, daß Gerhard Rolfes und seine Frau, auch Angela und ihr Mann sowie eine ganze Reihe anderer aus der Klasse schon vor einiger Zeit gefrühstückt hätten und irgendwo unterwegs seien. Bald, gegen vierzehn Uhr, werde Walter Franke im Hotel sein, um mit allen das neue Gymnasium zu besuchen und die Stadt zu besichtigen. Verflixt spät sei es gestern abend ja geworden, meinte der weißhaarige Lehrer dann, und blinzelte gegen die große Fensterscheibe zur Terrasse hin. Anders als Michael sah man ihm die Nacht an.

Christina und ich gingen ein wenig im Park des Hotels spazieren. Noch war das Wetter sonnig, das frische Grün leuchtete, aber einige Wolken am Horizont deuteten auf eine Veränderung hin. Für die Jahreszeit war es viel zu warm.

Sollte ich meiner Frau sagen, was ich in der Nacht mitbekommen hatte? Wir suchten unser Zimmer auf, und ich nahm mir vor, zunächst den Mund zu halten.

Kurz vor vierzehn Uhr hatte sich das Foyer gefüllt, und fast alle waren versammelt. Walter Franke erschien und verkündete, entgegen seinem ursprünglichen Plan werde man zuerst den Rundgang machen und erst dann in das neue Gymnasium ‚einfallen', so scherzte er.

Auch Hans war inzwischen eingetroffen, ohne seine Frau allerdings, die in der Firma Stallwache hielt, weil samstags sonst niemand da war. Ich freute mich darauf, gerade mit ihm und Christina durch die Heimatstadt zu bummeln.

Der Schwarm der Ehemaligen brach auf, und ich versuchte, Gerhard und seine Anne auszumachen. Ich entdeckte sie in der Nähe Walters, aber aus der Ferne war nicht zu erkennen, ob etwas nicht stimmte zwischen den Eheleuten. Michael ging neben Sievers und seiner Frau, Fresenius hielt sich völlig abseits, während Walter wie ein Fremdenführer begann, diese oder jene Besonderheit im Stadtbild zu erläutern, obwohl doch außer einigen aufwendigen Fassaden und den wenigen Neubauten, die mir gestern schon aufgefallen waren, alles zu sein schien wie damals, als diese Innenstadt noch unser Revier war.

Hans, Christina und ich ließen uns zurückfallen, wir wollten ohne die anderen durch die Gassen streifen, in denen doch jeder Meter von uns erzählen konnte! Wie oft waren wir, als wir noch klein waren, hier herumgetollt, hatten Verstecken, Räuber und Gendarm, Land verteilen, Völkerball oder Klingelpost gespielt und die Erwachsenen mit so allerlei Unfug gefoppt! Beim großen Hochwasser einige Zeit nach dem Krieg hatten wir uns aus leeren Benzinkanistern der britischen Army und aus Brettern ein Floß gebaut und waren durch die überfluteten Straßen der Altstadt geschippert, die sich über Nacht in ein romantisches Venedig verwandelt hatte. Anders als den Erwachsenen bereitete diese Katastrophe uns Jungen höchstes Vergnügen, und wir bedauerten, daß das Wasser irgendwann zurückgehen würde. Eine Packung echter Zigaretten, der sogenannten ‚Aktiven', hatten Hans und ich uns damals verdient, als wir einen englischen Besatzungssoldaten, der den Abend bei seinem Liebchen in dem uns gegenüberliegenden, weitläufigen Haus eines Fleischers verbracht hatte, mit unserem Gefährt trotz der Dunkelheit unbeschadet und trocken gerade noch vor dem Zapfenstreich zu seinem Quartier stakten.

Natürlich kannten wir das Mädchen, es bediente in der Metzgerei, eine dralle Zwanzigjährige mit blauen Augen, die uns Jungen mit ihrer Sinnlichkeit irritierte. Wir malten uns damals aus, was sich in der Kammer des Mädchens wohl abspielen mochte, wenn der Soldat bei ihr war, und unsere Vorstellungen wurden um so abstruser, je länger wir grübelten.

Bald aber hatten auch wir unsere ersten Rendezvous auf der ‚Rennbahn‘, wie wir unsere Hauptstraße nannten, und schüchtern scharrten wir mit den Füßen auf dem Pflaster, wenn wir mit den Schönen an der Ecke standen und ‚Süßholz raspelten‘. Zu mehr kam es nicht, denn der Bürgersteig dieser Hauptstraße, auf dem wir jetzt hinter den ehemaligen Klassenkameraden hergingen, war vor allem unser ‚Corso‘, auf dem wir beinahe jeden Tag flanierten und uns mit allen möglichen Freunden trafen. Von hier aus beobachteten wir den Straßenverkehr, wir taxierten Autos und Menschen, wir philosophierten, diskutierten, stritten und versöhnten uns, wir lästerten über die Schule, und oft argumentierten wir besser als jemals im Unterricht, wo wir ohnehin kaum zu Worte kamen, weil meist die Lehrer redeten.

Beinahe jedes Haus hatten wir hier gekannt, in vielen Wohnungen waren wir schon als Kinder ein- und ausgegangen. Später hatten wir mit anderen Jungen der Innenstadt den Fußballclub ‚Centrum‘ gegründet, um bei möglichst vielen Turnieren mitzukicken, wir hatten unseren Zirkus gespielt und einige Zeit danach ein von Hans und mir verfaßtes Wildwest-Stück auf dem Hof hinter unserem Haus aufgeführt. Wir hatten kleine ‚Kriege‘ gegen die Jungen anderer Stadtviertel ausgefochten und waren, wie man so sagt, eine verschworene Gemeinschaft gewesen. Und einmal hatten Hans und ich auf dieser Straße auch einen Unfall gebaut, als wir mit einem uralten Mercedes, den wir aus der Werkstatt ‚geliehen‘ hatten, abends gegen einen Eckstein gebrummt waren. Heimlich hatte ein Meister den Schaden damals behoben, und Hans’ Vater hatte nichts gemerkt...

Vor einem kleinen, etwas verwahrlosten Haus in einer Seitenstraße blieben wir stehen. Hier wohnte Alfons Wessing...
Er war der Sohn eines Schlossers, der seit etwa 1940 in unserer Stadt einen bescheidenen Fahrradhandel mit Reparaturwerkstatt betrieb. Nach dem Krieg verkaufte er auch Motorräder, und dieses Geschäft lief überraschend gut. Bauernburschen aus der Umgebung, junge Maurer mit schneller Mark und Bürgersöhne erschienen in der kleinen Handlung und bestellten gegen Barzahlung die glitzernden Träume, eine BMW, eine Zündapp, eine Herkules oder eine NSU-Fox. Die Motorrad-Unfallstatistik der frühen fünfziger Jahre läßt noch heute ahnen, welche Umsätze damals getätigt wurden.
Und plötzlich, wie vorher nie, lag Geld in des Schlossers Kasse, es stapelte sich, und manchmal ließ sich abends die Schublade kaum schließen.
Dem wußte Alfons abzuhelfen.

Er war eigentlich, wie man sagt, ein etwas zurückgebliebener Junge, dick und schwerfällig, mit reichlich blöden Augen, ein Siebzehnjähriger, der mit seinen farblosen Igelhaaren und seiner dümmlichen Behäbigkeit keinem Mädchen gefiel.

Was trieb ihn, als er den ersten Zehnmarkschein aus der Kasse nahm? Empfand er die Ungerechtigkeit, wie Richard Blome ständig mißachtet und gehänselt zu werden? Wollte er mit Geld erkaufen, was ihm verwehrt war? Alfons jedenfalls wurde zum Dieb.

Der Vater, meist in der Werkstatt, kümmerte sich wenig um Buchführung und Abrechnung, er stopfte das Geld in die Ladenkasse und überließ das Geschäftliche seiner ältesten Tochter. Diese, ohnehin nicht ausgebildet, verlor mit den steigenden Verkaufszahlen die Übersicht, hatte sie doch Mühe genug, die vielen Kunden zu bedienen.

Alfons griff meistens gegen 19 Uhr zu. Der enge Verkaufsraum lag etwas abseits, er war kaum einsehbar, und niemand konnte ihn so leicht überraschen. Waren es zunächst kleine Scheine, so entnahm er mit der Zeit immer größere Summen. Bald stahl er an jedem Abend, und keiner merkte es. Einer schließlich doch.

In der Nachbarschaft gab es einen Neunzehnjährigen, dem auffiel, daß Alfons im Stadtcafé ungewöhnlich häufig Kakao und Kuchen bestellte und daß er in einer Gaststätte des öfteren großzügige Runden warf, die durch keinen Geburtstag oder andere Anlässe zu rechtfertigen waren. Vor allem aber schaute der Schlaumeier manchmal wie zufällig in Alfons' Geldbörse, die in solchen Augenblicken immer wohlgefüllt war. Die Herkunft der Scheine war leicht zu erraten, eine unverhoffte Beschuldigung und Alfons' jämmerliches Geständnis endeten bald in einer deftigen Erpressung. Der Dicke mußte jetzt für zwei stehlen. Allerdings eröffneten sich ihm ganz unerwartet neue Möglichkeiten, lang ersehnte Lebewelten taten sich für ihn auf. Der Erpresser nämlich war ein hübscher Junge, ein Mädchentyp. Sein Aussehen und Alfons' Geld...

In dem kleinen, etwas schäbigen Zimmer des neuen ‚Freundes' – der lebte allein mit seiner Mutter und genoß im Gegensatz zu anderen Gleichaltrigen größte Freiheiten – sammelten sich bald heimliche Schätze, Pullover, Hosen, Anzüge, weiße Hemden, Schuhe, Sportsachen, Bälle, Tennisschläger, dazu Zigaretten, Schokolade, Kekse, auch diese und jene Flasche Wein, Cognac und Wodka.

Die Mutter merkte es nicht, der Sohn schloß das Zimmer mit dem einzig dazu vorhandenen Schlüssel ab. Außerdem war sie selten zu Hause und hieß alles gut, was der Junge wollte. Sie kümmerte sich wenig um ihn, der ja eigentlich erwachsen war. Die vielen Sachen wurden überwiegend in der Nachbarstadt gekauft, im eigenen Ort wäre es aufgefallen.

Regelmäßig, vor allem an den Wochenenden, erschien Alfons bei seinem Kumpan, in den immer gleichen, abgetragenen Klamotten, die Taschen aber voller Geld. Es wurde geteilt, dann zog Alfons sich um, den neuen Anzug, das Nyltesthemd, die schicken Schuhe. Jetzt endlich konnte er die Früchte ernten, jetzt begann das Leben! Man nahm ein Taxi oder fuhr per Bahn in die Nachbarstädte, manchmal auch Dörfer, oft plan- und ziellos, aber immer auf der Suche nach Abenteuern, wenn auch der infantilsten Art. Alfons war schon glücklich, wenn es dank seines flotten Kameraden gelang, irgendwelche Mädchen anzumachen, sich stammelnd mit ihnen zu unterhalten oder mit den aufregend Parfümierten am Tisch einer Gaststätte zu sitzen, gar zu tanzen, plump und tapsig, wie es seine Art war.

Dann alkoholumnebelte Nächte, in denen die läppischen Begegnungen mit den Mädchen zu erotischen Großwildjagden ausgesponnen wurden. Viel schöner als jede Wirklichkeit.

Das Glück währte nicht lange, schon nach wenigen Monaten flog alles auf. Ein Taxifahrer verriet das Duo an seinem Stammtisch. Er hatte die beiden Helden in Begleitung zweier Mädchen irgendwann abends chauffiert und dabei einer überaus banalen Unterhaltung lauschen müssen. Diese gab er unter dem Gelächter seiner Freunde zum besten. Ein Bekannter von Alfons' Vater, mit am Tisch der Auto- und Motorradfreaks, schnappte alles auf, und schon am nächsten Tag erfuhr der Schlosser vom Lebenswandel seines Sprößlings.

Ein überaus hartes und lautstarkes Gespräch am häuslichen Herd, eine fürchterliche Tracht Prügel, dann ging es zum Freund. Man brach förmlich ein in sein Zimmer, der Kleiderschrank wurde aufgerissen, das Warenlager ausgebreitet – es gab nichts mehr zu leugnen.

Noch in derselben Nacht wurde von den Eltern entschieden, daß Alfons das Haus und die Stadt zu verlassen habe. Er mußte weit weg, zu strengen Verwandten ins Westfälische. Dort sollte er schleunigst die Realschule beenden – einmal war er ja schon sitzengeblieben – und danach sofort ab in die Lehre zu einem möglichst scharfen Meister.

Der leichtfertige Freund blieb ungestraft, nachdem er unter dem Gezeter seiner Mutter alles Diebesgut herausgegeben hatte.

Wir sahen Alfons nie wieder, weil der Vater von seinem Sohn nichts mehr wissen wollte und ihm die Heimkehr ins elterliche Haus im Gegensatz zum biblischen Vorbild strikt verweigerte. Die Schwester heiratete später und zog fort, und als die Eltern starben, wurde das Haus verkauft.

Wie Richard Blome hatte Alfons einige Jahre zuvor auch in unserem Zirkus mitgewirkt, er war der zweite Clown gewesen. Und bei unserem Theaterstück ,Der Westmann' machte er ebenfalls mit, in wenig rühmlicher Weise allerdings. Sein Vater, der damals noch an ihn glaubte, trat bei uns als Sponsor auf, er stiftete Geld für unsere Dekoration, unter der Bedingung natürlich, daß Alfons mitspielen dürfe. Wir sahen für den Tolpatsch nur eine Möglichkeit, die Rolle des erbärmlichen weißen Verräters nämlich, des ,Zitternden Wurm', der am Marterpfahl nur ein einziges Wort zu winseln hatte, und zwar das Wort ,Gnade'.

Doch schon bei den Proben wurde es schlimm, denn sobald Alfons' Einsatz nahte, begann er wirklich zu zittern, aber nicht, weil die Rolle es verlangte, sondern weil er immer wieder dieses schreckliche Wort vergaß. Die anderen flüsterten es ihm zu, doch je näher der Tag der Aufführung kam, desto mehr wurde ihm die ,Gnade' zum Horror. Als es bei der Generalprobe wieder nicht klappte, mußten wir ihn aussortieren. Ein anderer, viel Jüngerer, übernahm seinen Part und bewältigte das Problem gnadenlos leicht.

Alfons' Scham hielt sich in Grenzen, vielmehr war er froh, von dem furchtbaren Druck befreit zu sein, der ihn hatte kaum noch schlafen lassen. Der Vater zog die Gelder Gott sei Dank nicht zurück. Vielleicht hatte er so etwas auch schon geahnt, denn er saß während der Aufführung gut aufgelegt neben seinem Sohn, der die Dialoge hellwach verfolgte und bei ,seinem' Wort erleichtert grinste. Jetzt hätte er es auch gekonnt!

Christina lachte und staunte zugleich. Als Großstadtkind wunderte sie sich, was wir in unseren Cliquen alles angestellt hatten und wie genau wir die Verhältnisse in der Stadt kannten, wie viele kleine und große Dramen sich in den Häusern ringsum zugetragen hatten, und sie fand unseren nostalgischen Ausflug richtig interessant.

Auf unserem Weg kamen wir nach einer Weile an einem größeren, freien Platz am Rande des Stadtzentrums vorbei, einem Platz, der heute gepflastert, früher jedoch mit dunkler Schlacke bedeckt war, die immer entsetzlich staubte. Hier gastierten die Zirkusunternehmen und Varietés, und zweimal im Jahr, im Frühling und im Herbst, wurde hier Kirmes gefeiert. Ob als Kinder oder später als Jugendliche, für uns war diese Stätte immer aufregend und geheimnisvoll, wenn sie sich alle paar Monate in eine wahre Zauberwelt verwandelte. Wie enttäuscht waren wir immer, wenn nach solchen Festtagen alles zu Ende ging und nur eine öde, leere Fläche übrig blieb!

Ich mußte in diesem Augenblick an Heinrich Ecker denken, und auch Hans erinnerte sich sofort an diesen außerordentlichen Mann. Christina wollte wissen, wer das gewesen sei und was er mit Kirmes oder Zirkus zu tun gehabt hätte. Wir mußten erzählen.

„Für einige Zeit", begann ich, „als unter uns Jungen Körperkraft und sportliche Fähigkeiten ungleich wichtiger genommen wurden als Verstand und Intelligenz, hatten auch Hans ich unser Idol, und zwar einen Mann, den wir damals für den stärksten Menschen der Welt hielten.

Es war der Möbelpacker Heinrich Ecker, dem unsere ganze Bewunderung gehörte. Dieser Mann war keinesfalls ein gewöhnlicher in seiner Zunft, das konnte man wirklich nicht sagen. Zunächst einmal war er außerordentlich hoch gewachsen. Mein Vater, der schon zweimal einen Umzug mit ihm erlebt hatte, meinte, er sei wohl an die zwei Meter groß. Hans und ich schätzten ihn sogar um noch einiges höher ein.

Aber es war nicht seine Körperlänge, da gab es zwei oder drei schmalbrüstige Leptosome in unserer Stadt, die sich in dieser Hinsicht mit ihm vergleichen konnten. Nein, Heinrich Ecker war enorm breitschultrig, athletisch gebaut und von ungeheurer Kraft. Auf einem Treff von Bodybuildern hätte er nicht einmal besonders gut ausgesehen. Seine Figur wirkte eher ungeschlacht, und breit waren auch seine Hüften. Lang hingen die Arme herab, bestückt mit riesigen Händen. Aus seinem kantigem Gesicht ragte eine große, wenn auch schmale Nase, und kleine, wäßrig blaue Augen schauten gelassen in eine Welt, von der er nicht verstehen konnte, daß sie ihn so auffällig fand.

Wäre es auf besagtem Treff ölglänzender Muskelpakete allerdings zu einer körperlichen Auseinandersetzung gekommen, Heinrich Ecker hätte alle ganz allein hinweggefegt. Das hatte er einmal bei einer Gelegenheit bewiesen, von der ich noch reden werde.

Jeden Tag wurde seine Kraft gefordert, der Beruf ließ ihm keine andere Wahl. Er hatte sich aber auch den richtigen ausgesucht. Wenn ein Klavier zu transportieren war, stemmte er sich auf der einen Seite in die Tragegurte, auf der anderen waren es zwei Mann. Und als seien sie federleicht, hob er die schweren, massiven Holzmöbel früherer Zeit in den Umzugswagen. Als es schon moderne Waschmaschinen zu verladen galt, merkte er gar nicht, daß einmal eine solche versehentlich noch mit Wasser und Wäsche gefüllt war. Wie eine Mutter ihr Kind trug er den Apparat an seinen Platz. Immer wieder kam es vor, daß nur er helfen konnte, es gab Komplikationen in engen Fluren und Treppenhäusern, die lediglich dank seiner berserkerhaften Kräfte behoben werden konnten. Dabei behandelte er die Umzugsgüter keineswegs grob oder unvorsichtig, im Gegenteil, niemand setzte die schwersten Stücke so behutsam ab wie er, keiner wickelte die Schondecken so präzise um Schrankbretter oder Bettladen, nie gab es Bruch bei ihm, weder bei Porzellan- noch Bücherkisten.

Sein Arbeitgeber, der größte Spediteur der Stadt, wußte das wohl zu schätzen. In dessen Firma verbrachte Ecker sein gesamtes Arbeitsleben, und wäre in Notzeiten allen gekündigt worden, so bestimmt nicht ihm. Er war eine Institution.

Heinrich Ecker war von gutmütigem Charakter, friedlich und grundsolide, seine Familie und alle Bekannten konnten sich auf ihn verlassen. Nur ein einziges Mal, in jungen Jahren, bevor er verheiratet war, hatte es einen Vorfall gegeben, der ihn einiges hätte kosten können. Das war während der späten Weimarer Republik, als auch in unserem sonst so beschaulichen Ort die politischen Fronten aufeinanderprallten. Mein Vater sagte mir, daß die Kommunisten damals nicht nur die Wahlveranstaltungen der Nazis zu sprengen suchten – das war vielen Leuten und auch einem Mann wie Heinrich Ecker eher egal oder gar recht – sondern einmal auch eine Zusammenkunft der katholischen Zentrumspartei. Es kam dabei zu Tätlichkeiten, und in ihrer Not besannen sich einige auf Heinrich Ecker, der auch schnell zur Stelle war und das Ganze auf seine Art regelte.

Als in der hitzigen Fehde der Name des himmlischen Herrn verunglimpft wurde, gab es für Heinrich kein Halten mehr, er schlug zu und räumte ab. Binnen kürzester Zeit war im Saal kein Kommunist mehr zu sehen, und die Veranstaltung konnte weitergehen. Ein Nachspiel bei Polizei und Justiz, so mein Vater, ging zu Heinrich Eckers Erleichterung gut aus.

Zu der Zeit waren Hans und ich noch nicht geboren, aber auch wir sollten einmal einen unvergeßlichen Kraftakt des heimatlichen Herkules erleben dürfen."

„Er war zu bestaunen", erzählte Hans weiter, „als irgendwann in den ersten Jahren nach dem Krieg hier auf unserer Herbstkirmes eine Schaubude errichtet wurde – aus Hamburg oder Bremen, das weiß ich nicht mehr so genau – in der mit großem Ballyhoo der stärkste Mann der Welt angekündigt wurde.

Und tatsächlich, am Abend der Eröffnung stand ein riesiger Kerl auf der Budenrampe, martialisch anzusehen, und über Lautsprecher gellte die schrille Stimme des buntgekleideten Ansagers, dieser Mann da sei der Stärkste der Welt, er habe in allen Teilen der Erde sämtliche Gegner bezwungen und nehme es mit jedem auf. Wer es wage, gegen ihn, den Unbesiegbaren, anzutreten und gar zu gewinnen – was ja eigentlich ein Widerspruch war – der bekäme eine Prämie von fünfzig DM. Der Wettkampf bestehe, so tönte der Anheizer weiter, aus einem Stemmen und einem Ringkampf.

Wir beiden standen unten in der vielköpfigen Menge, als hinter uns Heinrich Ecker auftauchte. Er war nicht zu übersehen. Von Freunden umringt wollte er sich anscheinend an der Bude vorbeimogeln, aber seine Kumpels hielten ihn auf, bedrängten ihn, forderten ihn erst flüsternd, dann immer lauter auf, doch stehenzubleiben und sich die Sache anzuschauen. Ecker war damals schon nicht mehr ganz jung, 38 oder 39 Jahre vielleicht, und ungestüm oder etwa angeberisch war er nie gewesen. Er wollte nicht, aber im Schatten Bude, gleich nebenan, an einem Getränkestand, spendierten die Freunde ein Bier, dann einen oder zwei Schnäpse, und sie redeten immer eifriger auf ihn ein. Schließlich gab Heinrich nach, und als ihm auch noch die Prämie in die Ohren schallte – warum eigentlich nicht?

Er stapfte von der Seite her auf die Bühne, ging auf den Ansager zu, der im ersten Moment vor ihm zurückwich wie ein erschrockenes Kind, und verlangte den Kampf.

Der Ansturm der Zuschauer war unbeschreiblich, aber es gelang uns dennoch, eine Eintrittskarte zu ergattern und in das Innere des länglichen Zeltbaus zu gelangen. Der Raum war schnell gefüllt, die Vorstellung konnte beginnen.

Wieder zuerst der kaum zu ertragende Ansager mit seinen minutenlangen Tiraden, dann erschien der fremde Gigant, ein Fleischkoloß von beträchtlichem Ausmaß, nicht viel kleiner als Heinrich Ecker, der jetzt neben dem Artisten auf der Kampfstätte, einer grob gezimmerten, erhöhten Plattform, mit herablassenden Worten vorgestellt wurde. Die Menge im Zelt johlte, gezielte Anfeuerungsrufe für den heimischen Protagonisten waren nicht zu überhören. Die beiden Heroen mußten sich die Hand reichen.

Dann schritt der Meister aus Hamburg zu seinem Gerät, einer Lorenachse mit mächtigen, doppelt aufgesetzten stählernen Rädern. Ächzend und stöhnend wuchtete der Muskelprotz die Last hoch und stemmte sie nach oben, begleitet vom Beifall der Besucher und dem Geschrei des Moderators, der irgendeine Zentnerzahl brüllte, die sicherlich nicht stimmte.

Und nun Heinrich. Selbstsicher, fast spöttisch blickten die beiden Showmänner auf ihn und die schwere Achse. Doch siehe da, mit seinen riesigen Händen umspannte Ecker sie, mühelos hob er sie an und spielerisch fast streckte er das Gewicht gegen das graue, sich leicht im

Wind bauschende Zeltdach. Langsam und sorgfältig setzte er es dann ab, wie ein wertvolles Möbelstück.

Zuerst Stille – dann brach ein Jubel ohnegleichen los, in den auch wir stürmisch einfielen. Jede Beherrschung war weg, es war wie ein Rausch. Und er steigerte sich ins Unermeßliche während des Ringkampfs, als der großartige Mann aus unserer Stadt seinen schillernd kostümierten Gegner nach einem ersten gegenseitigen Abtasten um den üppigen Leib griff, den zappelnden Riesen hochriß, ihn blitzschnell zu Boden warf und sich ihm ebenso behende mit auch seinen nicht zu verachtenden Kilos auf die Brust setzte. Das Jahrmarktungeheuer hatte keine Chance.

Wie im Taumel verließen wir das Zelt, das ‚Heinrich-Heinrich‘-Stakkato immer noch auf den Lippen, wir beobachten voller Stolz, wie der total verunsicherte Schaubudenbesitzer dem ein wenig verlegenen Sieger die 50 DM auszahlte. Es wurde ein wunderbarer Abend auf dieser Kirmes, und auch mein Vater war begeistert, als ich ihm am nächsten Morgen alles berichtete.

Noch lange sprach man in der Stadt von dem glorreichen Kampf des Heinrich Ecker, und spätestens von da an verehrten wir diesen Mann ungemein.

Viele Jahre danach“ – Hans wandte sich an mich – „als du längst Anwalt in Frankfurt warst, habe ich ihn übrigens zufällig noch einmal getroffen. Meine Eltern mußten damals ihre Zimmer umräumen, die Mutter war bettlägerig geworden und sollte im Wohnzimmer gepflegt werden. Ich bot sogleich meine Hilfe an, aber mein Vater hielt mich zurück und meinte, gleich käme ein Mann ins Haus, der werde das schon machen.

‚Aber natürlich‘, rief er dann, ‚den müßtest du eigentlich noch kennen, es ist der Möbelpacker Heinrich Ecker. Er ist jetzt in Rente und auch schon recht alt, sicherlich bald an die Siebzig, aber er hilft hier und da gegen ein kleines Entgelt noch aus, besonders bei Leuten, die er kennt.‘

Und kurz darauf stand er vor mir, der Held unserer frühen Jugend, und die Begegnung mit ihm war gar nicht so enttäuschend, wie man vermuten könnte. Denn immer noch, auch wenn er jetzt alt war, beeindruckte seine riesige Gestalt, besonders aus solcher Nähe, und gewaltig war die rechte Hand, die er mir reichte, als mein Vater mich vorstellte. Als Ecker unser Wohnzimmer betrat, erschien es mir lächerlich klein. Sein Haar war schütter und grau, faltig war das Gesicht, ein wenig gebeugt ging er, aber als er dann die Möbel umstellte, einen schweren Marmortisch wie nichts anhob und ins Zimmer nebenan brachte, das ließ mich an früher denken, an den bärenstarken Mann, der einmal Stadtgespräch war. Ihn daran zu erinnern wagte ich nicht, vielleicht hatte er den Kirmesabend auch längst vergessen.

Ich konnte den Blick nicht von ihm wenden, während er ruhig und gelassen seine Arbeit tat. Mein Vater bemerkte es und nickte mir lächelnd zu. Beim Abschied gab der Riese mir wieder die Hand. Ein leichter Schauder überlief mich, als er uns beim Hinausgehen den immer noch ungewöhnlich breiten Rücken zuwandte und den Kopf unter unserem gewiß nicht niedrigen Türrahmen tief senken mußte. Er war schon ein besonderer Mann, der Heinrich Ecker...“

Christina war beeindruckt. Sie fragte, ob dieser Herkules noch lebe, aber Hans wußte es nicht. Sie schüttelte immer noch wie ungläubig den Kopf, dann meinte sie:

„In Frankfurt war ich als Kind auch wohl manchmal im Zirkus oder auf dem Jahrmarkt, aber was ihr beiden hier alles erlebt habt, da komme ich nicht mit. Ich glaube, in einer Kleinstadt ist einfach mehr los, besonders, wenn man jung ist“.

„Na“, sagte Hans, „da denken manche natürlich anders. Aber was soll’s, wir lebten nun einmal hier, und wir haben das Beste daraus gemacht, nicht wahr?“

Inzwischen hatten wir die Klassenkameraden aus den Augen verloren, sie mußten es wohl eiliger gehabt haben als wir. Es war uns nicht unlieb, hatten Hans und ich uns doch fast so schnell wie früher verständigt, daß wir die neue Schule vergessen und statt dessen einen anständigen Kaffee und Cognac zu uns nehmen könnten. Ich wußte, daß auch Christina dabei sein würde.

Wir gingen ins Stadtcafé und fanden einen angenehmen Platz am Fenster. Hans war hier bekannt, und wie schon auf der Straße grüßten ihn viele Leute. An mich schien sich niemand zu erinnern, und auch mir waren die meisten Gesichter fremd. Fünfundzwanzig Jahre eben, dachte ich wieder.

„Was sagt ihr zu Michael und dieser Anne“, meinte Hans plötzlich, „ihr habt doch auch gesehen, wie sie ihn angehimmelt und geküßt hat? Eigentlich etwas ungewöhnlich bei einem Klassentreffen, oder?“

Ich zuckte mit den Schultern und tat, als wüßte ich nicht mehr als er.

„Ich bin gespannt, wie der Rolfes darauf reagieren wird. Bei seiner Eifersucht wird der doch schon bei einem kleinen Flirt verrückt, und irgend jemand wird ihm sicher was gesteckt haben...“

Ich schwieg ich zu Hansens Bemerkung. Auch Christina sagte nichts. Wir unterhielten uns dann über alles Mögliche, über meine Kanzlei, über Frankfurt, über seinen Betrieb, über unsere Kinder und wie es denen in der Schule gehe, um damit wieder bei unserem Klassentreffen zu landen. Nach einem zweiten Cognac zahlte Hans schließlich die Rechnung – das sei doch Ehrensache in der Heimatstadt – und wir spazierten zurück in Richtung Hotel.

Das Wetter hatte sich verändert. Nach dem schwülen Nachmittag war es windig geworden, dunkle Wolken zogen auf, es sah nach Regen aus. Wir beeilten uns, und am Hoteleingang verabschiedete sich der Freund. Gegen neunzehn Uhr würden wir uns ja zum Essen wiedersehen.

Im ‚Schwan‘ war es sehr still. Anscheinend logierten außer unseren Leuten kaum Gäste im Haus.

Christina und ich waren müde, wir gingen auf unser Zimmer und ruhten uns aus. Gegen achtzehn Uhr standen wir auf und bereiteten uns ohne Hast auf den Abend vor, während ein erster, starker Schauer gegen die Fenster prasselte.

Als wir hinunterkamen, war der Speisesaal schon gut besetzt. Die meisten Ehemaligen waren recht feierlich gekleidet, wobei einige in ihren schwarzen Anzügen fast den Eindruck machten, als seien sie bei einem Begräbnis, während andere, wie etwa Michael, helle Sachen trugen. Die Damen hatten sich unterschiedlich angestrengt. Manche wirkten etwas hausbacken, Angela hingegen oder die junge Anne, aber auch die Frauen von Jürgen und Hans und nicht zuletzt meine Christina sahen richtig schick aus.

Eine aber stach alle aus. Sie schwebte in diesem Augenblick fast in den Raum, eigentlich overdressed in einem leuchtend blauen Seidenkleid, dazu über und über mit Schmuck behängt. Sie war, wie sofort getuschelt wurde, eine ‚Neue‘, die Frau unseres Klassenkameraden Robert Wilbers nämlich, der erst heute, am frühen Nachmittag, eingetroffen sei.

Walter ließ es sich nicht nehmen, die beiden als späte Teilnehmer des Treffens willkommen zu heißen, wobei er feststellte, daß nunmehr bis auf die drei Toten, den verschollenen Richard und einen Fünften namens Dieter Engelhardt, den er als Eigenbrötler titulierte, alle aus der Klasse versammelt seien. Robert Wilbers entschuldigte sich, daß er erst jetzt bei uns sei, aber er sei Arzt und habe gestern abend noch einige wichtige Patienten in seiner Kölner Praxis behandeln müssen. Seine Frau nickte, und ihr blonder Haarschopf wippte dabei auf und ab wie der Kopf eines Lippizanerpferdes.

Auch er war auffällig angezogen, er trug ein lässiges Sakko über einem gelben Hemd, das weit offen stand und seine gebräunte Brust sowie eine Goldkette sehen ließ. Sein Haar war onduliert und schimmerte im Licht der Deckenlampen.

Während die beiden sich etwas umständlich hinsetzten, schaute ich in die Runde. Ich sah auf Gerhard Rolfes, und im gleichen Moment erkannte ich, daß er alles wußte. Er starrte voller Haß schräg über den Tisch hin zu Michael, der sich mit Frau Sievers unterhielt. Es war ein Blick, wie ich ihn selten gesehen hatte, ein Blick von animalischer Wut. Rolfes wirkte auf mich wie ein verwundetes Raubtier, das sich verkriechen oder seinen Gegner zerfleischen möchte.

Hans und ich saßen wieder wie selbstverständlich nebeneinander, und Walter, der uns gegenüber Platz genommen hatte, fragte uns, warum wir nicht mit ins Gymnasium gekommen seien. Wir redeten uns heraus, während er ausführlich zu berichten begann. Wir hörten nur halb zu, erfuhren aber, daß man trotz des Samstagnachmittags wegen eines Vortrags in der Schule einige der alten Lehrer angetroffen hätte, daß die meisten von damals jedoch längst pensioniert oder verstorben seien. Nur ganz kurz hätte man sich unterhalten können, und natürlich hätten sich die Lehrer weniger an die ehemaligen Schüler erinnern können als diese sich an die zwar grau gewordenen, aber immer noch vertrauten Pauker.

Bevor Walter weiter ausgreifen konnte, wurde die Suppe gereicht. Es war eine kräftige Rindfleischbrühe, und sie schmeckte nicht schlecht. Während alle eifrig aßen, stieß Christina mich an und flüsterte: „Guck' dir mal die linke Gesichtshälfte von der Anne an!"

Als ich vorsichtig hinschaute, entdeckte ich, was meine Frau mit weiblichem Feinblick erspäht hatte. Unter Schminke und Puder verborgen sah auch ich jetzt eine Schwellung und eine dunkle Stelle auf dem Jochbein der jungen Frau. Kein Zweifel, Rolfes hatte seine Anne geschlagen!

Während die Suppenteller abgeräumt wurden, bestellte Walter uns Grüße von den Lehrern. Besonders, sagte er, hätten sie den Mercedes-Keding erwähnt, sei er ihnen doch als Vater eines Schülers gewissermaßen in zweiter Auflage wiederbegegnet, und außerdem hielten sie ihn für den bedeutendsten Vertreter des heimischen Autogewerbes. Hans lächelte ein wenig mokant, als Walter so daherredete.

Das feierliche Essen sollte eigentlich der Höhepunkt des Treffens sein, aber er schien es wohl nur in kulinarischer Hinsicht zu werden, denn irgendwie war die Stimmung des gestrigen Abends verflogen. Steif und unter konventionellen Phrasen reichte man einander die Platten und Schüsseln mit verschiedenen Fleisch- und Gemüsesorten, man speiste mit Genuß, aber wenig Witz, und auch das flambierte, von Kellnern und Mädchen aufwendig servierte Dessert lockerte nur wenig auf.

Man unterhielt sich an den langen Tischen kaum noch über die Schule, sondern über das nüchterne Heute, über Alltagssorgen und Festtagsfreuden, man prahlte mit Reisen und Urlaubserlebnissen, pries seinen neuen Wagen, verglich Haus und Hof und Kind und Kegel, deutete an, daß man kulturell sehr interessiert sei, aber auch die Natur zu schätzen wisse, stöhnte über Monatsraten und konstatierte, daß das Leben nicht immer leicht sei.

Schließlich war das Essen beendet, und alle lobten Küche und Keller des ‚Schwan'. Man lehnte sich zurück, aber nur wenige baten um die Erlaubnis, rauchen zu dürfen. Getrunken wurde längst nicht so wie beim Kommers. Es wurde nur zögernd bestellt, und einige verlangten Mineralwasser oder Tee. Sie hatten sich am Abend zuvor offensichtlich übernommen.

Aber ähnlich wie gestern, nur um einiges früher, rückten auch jetzt wieder einzelne enger zusammen, diesmal jedoch nicht um Michael und Fresenius, sondern um den Spätling Dr. Wilbers und seine Frau. Manche Ehemalige wurden dabei sicherlich durch das grelle Outfit der beiden angezogen, andere mochte der besondere Status des Mediziners beeindrucken.

Wilbers führte ein großes Wort. Gebannt lauschten die Nahesitzenden, als er von seiner aufreibenden Tätigkeit in Köln berichtete, von seiner teuren Praxis, seinen prominenten Patienten und seinen Zwölf-Stunden-Tagen. Heinz Kern, unser Finanzbeamter, wagte nach seinem Einkommen zu fragen. Wilbers nannte eine horrende Zahl, und alle staunten, während Fresenius, der etwas abseits saß und trotzdem alles mitbekam, verächtlich die Lippen schürzte. Justus Reinhard, dem jemand die Summe noch einmal zuraunte, weil er nicht genau hingehört hatte, schüttelte mißbilligend den Kopf.

Der Modearzt legte nach.

„Leute, ich habe kaum Zeit, mich mal in meinem Jagdhaus in Tirol zu erholen, und meine Segelyacht habe ich fast vergebens gekauft, so wenig nutze ich sie."

Während er tönte, nickte seine Frau wieder, so wie früher der Mohr in unserer Kirche, wenn er sich für eine milde Gabe bedankte. Bei dem Wort ‚Yacht' hatte Jürgen Sievers für einen Moment hinübergeschaut.

Michael unterhielt sich währenddessen mit Angela und ihrem Mann. Die wenig gealterte Schöne hatte es aufgegeben, den attraktiven Kameraden radikal für sich zu gewinnen, sie begnügte sich mit Small-Talk und innigen Augenkontakten. Ihrem Mann schien es recht zu sein.

Christina und Helga, die Frau von Hans, meinten, Wilbers sei homosexuell. Es konnte uns egal sein, wenn er nur nicht unentwegt und reichlich lautstark aufschneiden würde!

Schließlich wurde es Jürgen und auch Michael, die sich durch sein Geschwafel zunehmend gestört fühlten, zu bunt. Auch uns kam es gelegen, daß beide sich von verschiedenen Seiten her zur Gruppe setzten, um dem Arzt ein wenig an die glänzende Karre zu fahren.

„Sag' mal, Robert", unterbrach Jürgen den pausenlos Parlierenden, „hast du eigentlich schon deine Schulaufgaben gemacht?"

Der Mediziner sah ihn verblüfft an.

„Ich meine den Aufsatz über den König Midas und sein nie versiegendes Gold, das ihm immer in der Kehle stecken blieb. Außerdem möchte ich dich fragen, wie oft du auch deinen Bungalow auf den Bahamas verwaisen lassen und immer wieder die Bärenhatz in Alaska absagen mußt, weil doch sämtliche Öl- und Popscheichs deine Praxis belagern, um von dir verarztet zu werden."

Wilbers reagierte lässig, aber auch aggressiv.

„Sievers, du warst schon früher in der Schule arrogant, weil du der Größte und der Stärkste warst. Nun bist du Beamter, wie ich hörte, und zählst demnach zu den Abhängigen und Lohnempfängern. Ich denke, du solltest deinen Neidkomplex ablegen und" – er grinste – „einen mit mir trinken. Wir könnten uns dann über die Segelei unterhalten, die auch dein Hobby ist, wie man mir sagte."

„Meinetwegen", meinte Jürgen, „aber nur, wenn du deine Show abbläst."

Michael lachte über die Sprüche von Jürgen Sievers, die weiß Gott nicht ernst gemeint waren. Irgendwie hatte ich dabei das Gefühl, daß Michael den Wilbers nicht nur von der Schule her zu kennen schien, sondern vielleicht noch danach mit ihm zu tun gehabt haben mußte, denn beide schauten sich einige Male ganz eigentümlich an.

Da schoß Gerhard Rolfes vor.

Er hatte bisher wie teilnahmslos auf seinem Platz gesessen, neben sich seine Frau, die den ganzen Abend vor sich hin gestarrt und kein Wort gesagt hatte. Urplötzlich legte der Landwirt und Jäger los, und seine Stimme überschlug sich dabei.

„Der Hoberg lacht, aber fragt den mal seinem Hobby!" schrie er mit rotfleckigem Gesicht. „Weiber verführen kann er, und sie ficken bis zum Geht-nicht-mehr! Ja, das kann er, das ist seine Lieblingsbeschäftigung! So wie früher in der Schule schon! Und am besten, wenn es die Frau von einem anderen ist, nicht wahr?"

Die letzten Worte hatte er mehr gegurgelt als gebrüllt, und ehe wir etwas sagen oder tun konnten, stürzte er sich auf den verhaßten Beau und wollte ihn niederstrecken. Er hatte aber nicht mit der Gewandtheit Michaels und dem eigenen, seit den Jugendtagen nicht unerheblich gewachsenen Körpergewicht gerechnet, jedenfalls ging sein Schlag ins Leere, und bevor er ein zweites Mal ausholen konnte, hatte ihn Jürgen Sievers mit immenser Kraft gepackt, und er hielt den Tobenden schraubstockartig fest.

Welch schreckliche und überaus peinliche Situation! Die Serviermädchen waren ins Foyer geflüchtet, und einer der Kellner, der wohl schon in weniger seriösen Häusern als dem ‚Schwan' beschäftigt gewesen sein mochte, war sofort bei Walter Franke und zischelte, ob er rasch die Polizei holen solle?

„Um Himmels willen, nein, das deichseln wir schon hin", stieß Walter hervor, dann bemächtigte auch er sich des immer noch schäumenden und sich windenden Klassenkameraden, wobei ihm seine tierärztlichen Kenntnisse und Griffe allemal zustatten kamen. Unter den entsetzten und fassungslosen Blicken der Ehemaligen wurde der Landwirtschaftsrat jetzt wie ein Verbrecher von Walter und Jürgen hinweggeführt, hinauf in sein Zimmer, und es sollte länger als eine Stunde dauern, bis die beiden wieder da waren.

Der Abend hatte mit dem unglaublichen Eklat einen ganz anderen Charakter bekommen. Alle, besonders die Damen, waren völlig verstört, und es bedurfte langer und vielfältiger Erklärungen, um die Phänomene zu deuten. Warum denn hatte der Gerhard so gewütet? Was hatte er gesagt? Michael hätte Frauen verführt? Die von anderen? Und auch seine? Und in der Schulzeit schon? Was denn nun?
Michael tat nichts, um die Sache aufzuklären. Er war wie gestern in die Bar gegangen und schien allein sein zu wollen. Und Anne? Sie hatte noch eine Weile stumm am Tisch gesessen, dann war sie aufgesprungen und trotz des Regens hinaus ins Freie gerannt. Niemand hatte sie gehindert.
Auch Helga und Christina waren noch blaß, als wir ihnen vom Jähzorn Gerhards und seiner früheren Eifersucht auf Michael erzählten. War es jetzt nicht an mir, das Geheimnis zu lüften, das allen zu schaffen machte, ob nämlich Michael tatsächlich getan hatte, was Gerhard in seiner Raserei geschrien hatte? Nur meinem Freund, seiner Frau und Christina vertraute ich mich an. Als ich ihnen etwas verlegen von meinem nächtlichen Ausflug berichtete, lächelte meine Frau und meinte, sie hätte es wohl gewußt, während Helga und Hans doch ein wenig überrascht waren.
Die anderen sollten ruhig weiter rätseln, dachte ich dann, und das taten sie auch, und zwar ausgiebig. Wilbers und seine exzentrische Frau hatten ausgedient, man redete nur noch über das Dreieck Anne, Michael und Gerhard.
Der Alkohol floß von nun an reichlicher, und selbst solche, die sich bisher in allem zurückgehalten hatten, blühten auf und steuerten dieses oder jenes Detail aus Gerhards und Michaels Vergangenheit bei, das die Sache erhellen könnte. Sogar die Lehrertöchter, die heftig schockiert waren, trugen ihr Scherflein bei, indem sie errötend gestanden, der Rolfes habe auch sie früher einmal amourös zu belästigen versucht. Rechtzeitig aber sei er von ihnen in die Schranken gewiesen worden.

Und Michael? Nun, der habe doch immer schon bei den Frauen die größten Chancen gehabt, selbst die Mütter hätten ihn früher ja verliebt angeschaut. Was Wunder, daß die junge Anne sich in ihn verguckt haben könnte, weil er immer noch fabelhaft aussehe und außerdem ein prima Kerl sei! Aber gleich Geschlechtsverkehr? Das schien nahezu allen doch unvorstellbar, und auch, als einige von nächtlichen Zärtlichkeiten in der Bar berichteten, blieb es bei Vermutungen. Hatte Gerhard sich nicht alles eingebildet und seine Frau schlimm verdächtigt, nur weil sie einige Zeit mit Michael zusammengesessen und vielleicht ein wenig mit ihm geflirtet hatte? Der Gerhard sei eben einfach zu eifersüchtig, und man solle jetzt auch einmal an die arme junge Frau denken. Doch wo war diese Anne?

Jürgen und Walter kamen zurück. Sie berichteten den aufgeregten Mitschülern, daß Gerhard sich mittlerweile beruhigt hätte und jetzt wie betäubt im Bett liege. Er wolle niemanden mehr sehen, auch seine Frau nicht, und er werde das Hotel morgen verlassen, ohne sich von jemandem zu verabschieden. Man müsse ihn verstehen, meinte Walter. Das Fest habe er zwar gewaltig verdorben, aber ob er allein schuld sei? Er werde jetzt ein anderes Zimmer für die junge Frau besorgen, um dann nach dem Schrecken noch einige Gläser zu leeren. Ob jemand mitmache?

Angela und Elke waren die ersten, die sich neben ihn setzten, als er von der Rezeption zurückkam, und besonders Angela kam mächtig in Fahrt. Sie wühlte so manches aus vergangenen Tagen hoch, wie der Gerhard doch immer hinter ihr her gewesen sei, wie er sich dabei aufgeführt und was er alles angestellt habe, um sie ‚rumzukriegen'. Und mit einem Mal sprach sie von anonymen Drohbriefen, die der Jähzornige damals doch sicherlich mit verfaßt habe.

Walter Franke bekam unversehens einen roten Kopf. Er tat, als wisse er von nichts, und während Elke die Freundin wegen ihrer Indiskretion vorwurfsvoll ansah, ging er schnell über alles hinweg und fragte, wo eigentlich die Anne sei?

Um die hatte sich inzwischen ein anderer gekümmert, nämlich Michael. Bewaffnet mit einem Regenschirm aus der Rezeption war er hinausgeeilt, um die Gefährtin der Nacht zu suchen und ins Hotel zurückzuholen. Nach gar nicht langer Zeit kam er wieder, er hielt die pudelnasse und verschüchterte Frau im Arm und brachte sie in ihr neues Domizil, zu dem Walter eilfertig den Weg wies.

Der einzige, den das Ganze scheinbar unberührt ließ, war Hagen Fresenius. Er hatte ja schon beim Essen abseits gesessen, sich kaum mit jemandem unterhalten und war bei Gerhards Wutanfall völlig kalt geblieben. An dem Gerede danach hatte er sich überhaupt nicht beteiligt, sondern mit größter Verachtung auf seine einstigen Kameraden geblickt. Plötzlich stand er mit einem Ruck auf und wandte sich an die Runde.

„Ihr Lieben, nehmt es mir nicht übel, wenn ich euch jetzt allein lasse, denn ich habe von euch die Nase gestrichen voll. Je länger ich hier zuschaue, desto klarer wird mir, was für erbärmliche Typen ihr seid, welche Probleme ihr habt und womit ihr eure Zeit totschlagt Zum Kotzen! Ihr ekelt mich an, besonders euer Michael, dieser Weichling, dieser verdammte Schönschwätzer, den ich am liebsten..."

Er sprach nicht aus, was er denken mochte, sondern drehte sich um und ging aus dem Speisesaal hinaus. Auf der Treppe am Foyer blieb er noch einmal stehen, drehte sich um und rief von oben herab:

„Ganz Deutschland kann mir gestohlen bleiben. Ich habe genug gesehen. Bye, bye, und zwar für immer!"

Wäre nicht der Vorfall mit Gerhard Rolfes gewesen, der Auftritt des Argentiniers hätte alle übermäßig erregt. So aber verlief sein neuerlicher Affront fast im Sande, er war höchstens noch das Tüpfelchen auf dem ‚i' und sorgte dafür, daß nunmehr auch der letzte Rest von Stimmung dahin war. Andererseits war man erleichtert, daß Fresenius, der zuletzt wie ein böser Geist in der Ecke gehockt hatte, endgültig verschwunden sein würde.

Die meisten standen auf und verabschiedeten sich zur Nacht. Walter unternahm noch einiges, um den Abend zu retten, er bestellte drei oder vier Flaschen Sekt, die aber eher mißmutig und wortkarg geleert wurden. Hans Keding wollte aufbrechen, schon seiner Helga wegen, die den ganzen Tag in der Firma gearbeitet hatte, und auch Christina und mich hielt nichts mehr im Speisesaal, der jetzt unwirtlich und verlassen wirkte. Wir sagten Walter Ade bis morgen, gaben Hans und Helga die Hand, wünschten den wenigen, die noch bleiben wollten, eine gute Nacht, und gingen hinauf in unser Zimmer.

Der Regen hatte nicht nachgelassen, als wir oben waren. Er peitschte an die Scheiben, weil auch der Wind gewaltig zugenommen hatte. Die hohen Bäume im Park heulten und bogen sich, und manchmal schlugen die Zweige fast an die Fenster.

Wir kuschelten uns unter die Decken, aber einschlafen konnten wir nicht. Die Gedanken an die fatalen Ereignisse des Abends ließen sich so leicht nicht verscheuchen, und längere Zeit sprachen wir über Hagen Fresenius, über seine anmaßenden Beleidigungen, und wie abrupt er gegangen war. Dann waren wir wieder bei Anne, Gerhard und Michael.

„Hast du übrigens den Wilbers beobachtet, als der Rolfes sich auf den Michael stürzte?" fragte Christina plötzlich.

„Nein, wieso?"

„Ich sah es zufällig, aber es kam mir vor, als ob er sich freute, jedenfalls schaute er für einen Augenblick fast gierig zu. Warum tat er das?"

„Ich weiß es nicht. Aber irgendwie muß er den Michael näher kennen. Mir fiel auf, daß die beiden sich vorher schon so merkwürdig angeguckt haben."

„Der Wilbers ist ein Homosexueller, das spüre ich, und seine kapriziöse Gattin paßt dazu."

„Aber du denkst doch nicht, daß Michael...?"

„Das glaube ich nicht unbedingt. Aber in diesem Bereich halte ich alles für möglich."

Ich grübelte vor mich hin.

„Ich kannte in meiner Jugend einmal einen Homosexuellen, Christina, natürlich ohne damals zu wissen, was das war, ja ohne überhaupt das Wort je gehört zu haben. Es ist lange her, während des Krieges war es..."

„Erzähle doch, ich kann sowieso nicht schlafen. Es ist so laut ringsum!"

„Zu der Zeit verbrachte ich meine Ferien immer bei meiner Großmutter, die in unserer kleinen, idyllisch an einem Fluß gelegenen Nachbarstadt ein Kolonialwarengeschäft besaß und bei der es mir nicht nur deshalb so gut gefiel. Meistens war ich dort mit einem meiner Onkel zusammen, mit meinem Onkel Paul. Und dieser Onkel kannte einen Mann, den er Fox nannte. Ich als Sextaner glaubte, sein Name sei das englische Wort für Fuchs. Sehr viel später erst erfuhr ich, daß er ‚Vocks' geschrieben wurde.Das war natürlich viel weniger romantisch als damals im Sommer 1943, als mein Onkel Paul und ich uns mit Herrn Fox an schönen, sonnig-warmen Nachmittagen so oft an der alten Brücke zum Baden trafen. Wir drei gingen dann von der Brücke aus etwa einen Kilometer über die städtische Viehweide bis zu einer Badestelle am hellsandigen Fluß, die zwar kleiner, aber noch schöner war als unser heimisches Schwimmparadies.

Fox war ein unglaublich angenehmer, freundlicher Mann von ungefähr 25 Jahren. Außer ihm und meinem Onkel sah man zu dieser Zeit kaum noch junge Männer in der Stadt. Onkel Paul war als einer von sechs Söhnen seiner Familie vom Wehrdienst freigestellt worden. Meine Großmutter – ihr Mann war gestorben – hatte einen von ihnen auswählen müssen, eine furchtbare Entscheidung für die arme Frau, die darunter auch ihr Leben lang litt, zumal ihr ältester Sohn kurz darauf fiel und zwei andere verwundet wurden.

Onkel Paul kannte Herrn Fox erst seit wenigen Monaten. Ich fragte mich natürlich, warum Fox nicht Soldat war. Der Onkel wußte auch nichts Genaues. Fox war zugezogen, lebte allein und arbeitete auch nicht. Er mußte wohl über ein kleines Vermögen verfügen. Sicherlich sei er krank, vielleicht herzkrank, so vermutete mein Onkel. Fox wirkte in der Tat auch etwas schwächlich.

Wir waren in jenem Sommer drei Freunde. Die beiden Erwachsenen, besonders Fox, behandelten mich wie ihresgleichen. Fox hatte eine wohlklingende Stimme und blondes, gewelltes Haar; er schien sehr gebildet zu sein. Vorsichtig stieg er immer ins Wasser, behutsam, als wolle er die vielen kleinen Fische, die in Ufernähe im Wasser schwirrten, nicht stören. Nach dem Schwimmen legten wir uns in die Sonne, unterhielten uns, dösten dahin und schliefen auch manchmal ein. Fox brachte immer etwas mit, Obst, Butterbrote, Bonbons und andere Süßigkeiten. Er teilte bereitwillig, meist gab er mehr als er für sich behielt. Und er konnte wunderbar erzählen, von fernen Landschaften, vom Leben in der Großstadt und von interessanten Menschen, die er kennengelernt hatte. Es faszinierte mich, wenn er mit seinen blauen Augen verträumt auf den Fluß blickte und dann wieder mich fast liebevoll ansah. Niemals war er ungeduldig oder gar schlechter Laune, und nie ging er geringschätzig oder spöttisch mit mir um, wie ich es sonst von Erwachsenen gewohnt war.

Auch mein Onkel verstand sich gut mit Fox. Selbst von weichem Gemüt – vielleicht hatte ihn die Mutter deswegen den anderen vorgezogen und vom mörderischen Kriegsdienst befreit – war er wie Fox an vielen Dingen interessiert. Er las oft in seiner Freizeit, und die beiden unterhielten sich begeistert über Bücher, über ältere und neue Filme. Ich erinnere mich dabei an den ‚Blauen Engel‘, als sie mir vorsichtig und umständlich die Bedeutung des Wortes ‚Hure‘ zu erklären versuchten.

Auch dieser oder jener kleinstädtische Klatsch kam nicht zu kurz. Doch davon hielt Fox nicht viel, bald war man wieder bei anderen Themen. Vor allem der Krieg und seine Auswirkungen, das war schließlich das wichtigste. Und auch hier dachten beide ähnlich. Sie waren skeptisch, äußerten sich immer freimütiger über Hitler und seine verhängnisvollen Absichten, bezweifelten den Endsieg und flüsterten unwillkürlich, wenn sie über die Juden sprachen, über politische Verfolgungen oder über Stalingrad.

Niemand hörte es, wir waren unter uns.

So vergingen die Wochen. Richtig sportlich, braungebrannt waren wir, spielten Ball, rannten über die Wiesen und schwammen immer längere Strecken. Dann wieder die vertrauten Gespräche am Strand und beim Heimweg, die Haut noch sonnendurchglüht.

Eines Tages aber geschah Überraschendes. Fox war verschwunden. Er kam nicht zum Treffpunkt an der alten Brücke, auch am nächsten Tag nicht, und auch danach nicht. Ein wenig bedrückt gingen der Onkel und ich allein schwimmen. Aber irgendwie machte es keinen Spaß mehr. Wir kehrten früher als sonst nach Hause zurück und sprachen wenig miteinander. Auch das Wetter war wohl nicht mehr so schön.

Schließlich erkundigte sich mein Onkel. Er hörte von einem Nachbarn, der die Wirtin von Fox kannte, dieser sei von zwei Freunden besucht worden und nach kurzer Zeit mit einem Koffer in der Hand mit ihnen fortgegangen. Der Wirtin habe er hinterlassen, er käme bald wieder.

Nun, damit mußten wir uns zufriedengeben.

Jetzt schlug auch das Wetter um, es begann zu regnen, grau war der Himmel jeden Tag. Die Ferien gingen zu Ende, ich mußte zurück zu meinen Eltern.

Bald hatte ich Fox vergessen.

Viele Jahre später, ich glaube, es war im Oktober 1966, hörte ich, daß es meinem Onkel Paul gar nicht gut gehe. Er sei in das Krankenhaus seiner Heimatstadt eingeliefert worden. Lange war ich nicht mehr dort gewesen, ich lebte ja schon in Frankfurt – es war übrigens das Jahr, bevor ich dich kennenlernte, Christina – und hatte die Verwandten seit meinen Kindertagen nicht mehr gesehen. Ich beschloß, den Onkel zu besuchen.

Er lag in einem Einzelzimmer des Krankenhauses am Fluß, jenem Fluß, in dem wir damals im schönen Sommer 1943 so oft gebadet hatten. Schlecht sah der Onkel aus, als ich in sein Zimmer kam, grau und abgemagert. Eigentlich war er zum Sterben viel zu jung.

Als ich an sein Bett trat, wurde er jedoch lebhaft. Es gehe ihm gut heute, meinte er, und er freue sich, mich nach so langer Zeit wiederzusehen. Zuerst ließ er meine Hand gar nicht mehr los. Dann erzählte er, von den letzten Jahren, bald aber von früher und von meinen häufigen Ferienaufenthalten. Und er fragte mich, ob ich noch wüßte, wie wir in dem einen schönen Sommer immer schwimmen waren. Plötzlich richtete er sich auf.

‚Erinnerst du dich noch an unseren damaligen Kumpel, den Fox?‘

Ich nickte, längst war er mir eingefallen.

‚Erinnerst du dich auch noch, wie er eines Tages verschwunden war?‘

Auch daran dachte ich.

‚Nun‘, fuhr mein Onkel fort, ‚Fox ist nie wiedergekommen. Und ich weiß inzwischen, warum. Du wirst es kaum glauben, aber Fox war ein Homosexueller. Ich habe es damals nicht einmal geahnt. An dem Tag, als wir an der Brücke auf ihn gewartet haben, ist er morgens von zwei Gestapo-Leuten unauffällig abgeholt worden. Mit der Bahn sind sie in die Kreisstadt gefahren. Von da aus soll er in das KZ Buchenwald gebracht worden und dort nach etwa einem halben Jahr ganz elend umgekommen sein. Ich habe das alles gehört von unserem unseligen NS-Ortsgruppenleiter, den ich nach seiner Haftentlassung 1950 zufällig getroffen habe.‘

Ich war erschüttert. Als sei es gestern gewesen, so sah ich Fox vor mir, diesen netten Kerl. Den ersten erwachsenen Freund, den ich hatte. Ich ging ans Fenster und schaute auf das Wasser, das ruhig dahinströmte. Erst nach einer Weile drehte ich mich um. Der Onkel war wohl müde geworden, er schien einzuschlafen. Leise verließ ich das Zimmer.

Nach einigen Wochen schrieb mir meine Mutter, Onkel Paul sei vor drei Tagen gestorben. Er habe mir noch Grüße ausrichten lassen...“

Als ich schwieg, war Christina ganz still. Ich glaubte, sie sei eingeschlafen. Aber es war nicht so, denn sie bewegte sich nach einer Weile und meinte, ich solle nicht immer so traurige Dinge erzählen, der Abend sei doch schon unerfreulich genug gewesen. Aber sie fände die Geschichte trotz des schlimmen Endes schön, auch wenn sie jemandem wie Fresenius sicher nicht gefallen würde.

„Der hätte einen Menschen wie den Fox maßlos verachtet und ihn zu seinen vielen Schwächlingen hinzugezählt. Und auch dein Onkel Paul wäre bei ihm schlecht weggekommen, nicht wahr?“

„Ganz bestimmt.“

„Wie viele Onkel hattest du eigentlich?“

„Sechs, ich sagte es schon. Alles Brüder meiner Mutter. Die Familie war mit Nachwuchs reich gesegnet, was den Eltern damals keinerlei Kindergeld, aber ein Dankschreiben des Führers bescherte.“

„Und du hast alle gekannt?“

„Mehr oder weniger ja. Einen aber ganz besonders, meinen Onkel Heinz nämlich.“

„Was war mit ihm?“

„Ich warne dich, es ist wieder eine traurige Geschichte!“

„Macht nichts, erzähle!“

„Nun, ich muß damit beginnen, daß ich eines Tages wie auch bei Onkel Paul von seinem Tod erfuhr, einige Jahre vorher allerdings, und
dieser Tod berührte mich außerordentlich.

Ich war damals 18 Jahre alt, der Onkel Heinz 41. Meine Mutter be-
nachrichtigte mich von seinem zwar unerwarteten, doch immer für
möglich gehaltenen Ableben während einer Pause auf dem Schulhof
des Gymnasiums.

Der Onkel hatte ein für die damalige Zeit ungewöhnliches Leben geführt, außerhalb jeder Bürgerlichkeit, das von seinen Verwandten und
Bekannten ebenso bewundert wie von verständnislosem Kopfschütteln
begleitet wurde. Geboren im Jahre 1911 in unserer Nachbarstadt, be-
suchte er die dortige Lateinschule bis zur 10. Klasse. Schon früh erkannte man sein technisches Geschick und seine naturwissenschaftlich
ausgerichtete Begabung. Nach verschiedenen Praktika und über stren-
ge Prüfungen erlangte er die Fachhochschulreife und begann ein Inge-
nieurstudium, das er erfolgreich abschloß.

Zuerst in einem Betrieb für Werkzeugherstellung tätig, zeigte sich bei
ihm trotz seiner allseits gelobten Fähigkeiten und Arbeitsleistungen
bald eine gewisse Unrast, wegen angeblicher Alkohol- und Mädchen-
geschichten kam es zum Krach mit dem Chef. Heinz kündigte und
bewarb sich bei einer Hamburger Reederei als Schiffsingenieur. Einige Jahre fuhr er zur See und war in allen Erdteilen. Dann brach der
Krieg aus.

Er fand sich auf einem Lazarettschiff der Marine wieder, das im Jahre
1944 im Atlantik von US-Zerstörern gestellt und aufgebracht wurde.
Die Besatzung kam in amerikanische Kriegsgefangenschaft, wo mein
Onkel in einem Camp in Texas als Offizier etliche Vorteile genoß.

Dies alles erfuhr ich von meiner Mutter, denn ich lernte Onkel Heinz
erst kennen, als er 1946 aus seiner US-Gefangenschaft in das Haus
seiner Eltern zurückkehrte. Damals war ich 13 Jahre alt, und der Onkel imponierte mir, aber gleichzeitig fürchtete ich ihn. Ziemlich groß
gewachsen, hatte Narben an Hals und Kinn, und besonders seine
scharfen, etwas eingefallenen Gesichtszüge mit den dunkelgrauen
Augen unter starken Brauen beeindruckten mich.

Eine Zeitlang, während der Sommerferien, die ich wie immer bei meiner Großmutter verbrachte, schlief ich neben ihm im Doppelbett in
einem abgelegenen Zimmer. Im geräumigen Haus der Oma lebten zu
der Zeit viele Personen, Geschwister des Onkels, auch zwei Verwandte aus der Großstadt, die ausgebombt waren und hier Zuflucht
gefunden hatten.

Onkel Heinz hatte merkwürdige Angewohnheiten. Mindestens alle zwei Stunden wachte er nachts auf, machte Licht und drehte sich eine Zigarette. Ich empfand das aber keineswegs als Rücksichtslosigkeit, sondern es war höchst interessant, ja geradezu abenteuerlich für mich. Denn während seiner Rauchorgien begann er zu erzählen, von seiner mehr als abwechslungsreichen Vergangenheit, von atemberaubenden Ereignissen und Zwischenfällen. Und er äußerte Lebensweisheiten, verriet Erkenntnisse, oft kurz nur, fast grob, und dazu gab er Ratschläge, die ganz anders klangen als die meiner Eltern.

Imposant sah er aus, wenn er aufrecht im Bett saß. Auf dem Rücken seines langärmeligen Unterhemds prangten übergroß die Buchstaben ‚POW‘, desgleichen hinten auf seiner grauen Unterhose. Ganz belanglos seine Erklärung, ‚Prisoner of War‘ eben, ein Andenken aus der Gefangenschaft. Heimlich malte ich mir einmal die Inschrift auch auf mein Hemd.

Und wie Onkel Heinz rauchte! Tagsüber reihte sich eine an die andere. Woher hatte er den Tabak und manchmal auch die amerikanischen ‚Aktiven‘? Zwei große, exotisch aussehende Koffer auf dem Schrank des Schlafzimmers enthielten das Geheimnis seiner derzeitigen Existenz: einige Dutzend Kaffee- und Kakaopackungen, mitgebracht aus den USA. Wohlüberlegt und genau dosiert tauschte er sie gegen Schnaps aus der nahegelegenen, alteingesessenen Spirituosenfabrik, deren Besitzer einer seiner Jugendfreunde war und der mit Erlaubnis der Militärregierung, wenn auch stark eingeschränkt, wieder produzieren durfte. Gegen eine Flasche Schnaps gab es auf dem Schwarzen Markt hundert amerikanische oder englische Zigaretten, eben jene ‚Aktiven‘. Diese wiederum ließen sich leicht für sieben Mark pro Stück verkaufen Dazu beackerte er einen Teil des vor der Stadt gelegenen Gartens. Er pflanzte Tabak, der im Herbst geerntet, getrocknet, fermentiert und fein geschnitten wurde. Nur selten, wenn er bei besonders guter Laune war, griff er nach einer echten Zigarette. Meist drehte er, das war günstiger.

Wer hatte solch einen Onkel!

Und er war großzügig, wie ich es noch nicht erlebt hatte. Er mochte mich, vielleicht, weil ich ihm immer so andächtig zuhörte. Viele kleine und auch größere Geschenke brachte ich am Ende der Ferien mit nach Hause, unwillig begutachtet von meinem Vater, der seinem Schwager nicht ganz grün war. Von schlechtem Einfluß sprach er, von unsolidem Lebenswandel, von Hedonismus und Atheismus, was ich aber nicht verstand und auch nicht verstehen wollte.

In den Jahren danach hatte ich den Onkel nie wieder gesehen, aber gehört, daß er wieder nach Hamburg gegangen sei und dort mit irgendeiner technischen Erfindung eine kleine Fabrikation begonnen habe, die anscheinend gut lief, so hieß es. Gleichzeitig aber gingen in der Verwandtschaft Gerüchte, Heinz sei Alkoholiker, eigentlich krank, ab und zu gar nicht mehr arbeitsfähig, dazu rauche er mehr denn je und trinke Unmengen Kaffee. Genährt wurden diese Gerüchte von einem entfernten Verwandten aus Hamburg, einem Arzt, bei dem sich Heinz manchmal behandeln ließ.

Und tatsächlich, einmal noch war er zu Besuch in der Heimatstadt, und es gab einen Alkoholexzeß. Ich erfuhr davon durch meinen jüngeren Bruder, der den Abend miterlebt hatte. Elegant gekleidet, mit fast weltmännischer Attitude sei der Onkel aufgetreten; er habe von seinem Betrieb erzählt, wo in einem neuen, von ihm erfundenen Verfahren nahezu bruchsichere Reagenzgläser hergestellt würden. Den kaufmännischen Teil erledige ein Bekannter aus früheren Hamburger Tagen. Zwölf Frauen arbeiteten an den Maschinen, vorläufig sei die Produktion in einem alten fensterlosen Bunker untergebracht, aber irgendwann einmal denke man an ein neues, richtiges Fabrikgebäude. Das hörte sich gut an.

Im Verlaufe des Abends wurde Wein kredenzt, so berichtete mein Bruder, auch Bier und Cognac. Zuerst lehnte Onkel Heinz jeglichen Alkohol ab. Später dann ein erstes Glas Wein, dann eine Flasche, danach eine zweite, und zum Erstaunen und bald Entsetzen seiner Geschwister, der Mutter und eines Bekannten leerte er dazu noch eine halbe Flasche Cognac. Schließlich der Zusammenbruch, der Abtransport ins nebenan gelegene Schlafzimmer.

Am anderen Morgen hatte mein Bruder sein Schockerlebnis. Heinz verlangte nach Schnaps, der ihm natürlich verweigert wurde. Als nur mein Bruder sich zufällig noch im Schlafzimmer befand, griff der Onkel zitternd nach ihm, drückte ihm einen 50-DM-Schein in die Hand und befahl ihm geradezu, sofort eine Flasche Weinbrand aus dem Geschäft gegenüber zu besorgen. Den Rest – sicherlich mehr als 30 DM – könne er behalten.

Mein Bruder schwankte zwischen diesem fürstlichen Angebot und Angst vor den Folgen, schließlich siegte letzteres, und er verriet den Onkel. So endete dieser unehrenhafte Besuch, und in der Verwandtschaft, besonders bei meinen Eltern, waren alle Vorurteile zementiert.

Doch ich war nicht dabeigewesen, für mich blieb Onkel Heinz ein Idol, ein Held, der ein freies und unabhängiges Leben führte und mehr wagte als all die Spießer ringsum.

Um so mehr traf mich ein halbes Jahr später die Nachricht von seinem plötzlichen Tod. Er hatte eines Tages überraschend seine Tätigkeit in Hamburg aufgegeben. Die Fabrik hatte er dem Kompagnon überlassen und sich mit einer lächerlich geringen Abfindung begnügt. In Bremen hatte er sich beworben, wieder zur See fahren wollte er, als Schiffsingenieur bei einer zwar nicht großen, aber renommierten Reederei.

Doch es kam anders. Eine Polizeistreife fand ihn, bewußtlos am Boden liegend, an einer Straßenecke im Hafenviertel der Weserstadt. In der Innentasche seiner glanzvollen, aber völlig verschmutzten Offiziersuniform steckten Bargeld und seine Papiere. Ausweise und Zertifikate, die ihn als Schiffsingenieur auswiesen, der Einstellungsbescheid der Reederei sowie der Termin, zu dem er sich auf dem Schiff in Bremerhaven einfinden sollte. Dazu eine Adresse, seine Heimatanschrift.

Dort rief man an, und zwei seiner Brüder, meine Onkel Karl und Paul, machten sich auf den Weg und holten ihn mit dem PKW von Bremen nach Hause. Er war immer noch volltrunken und nicht ansprechbar, als sie daheim ankamen. Im alten Jungenschlafzimmer brachte man ihn zu Bett. Mitten in der Nacht wurden die Brüder durch lautes Röcheln geweckt. Sie sahen erschrocken, daß ihr Bruder zu sterben drohte. Der rasch herbeigeholte Hausarzt versuchte ihn noch zu retten, doch vergebens. Er war infolge Herzversagens gestorben.

Das alles berichtete mir meine Mutter auf dem Schulhof.

Für den nächsten Tag nahm ich mir frei und fuhr in die kleine, 20 km entfernte Stadt. Onkel Heinz lag aufgebahrt im Wohnzimmer des elterlichen Hauses. Bis auf einen Schrank waren alle Möbel ausgeräumt, und mitten im Raum stand der offene Sarg, in einem Meer von Kränzen und Blumen. Lange lehnte ich an der weit geöffneten Tür und schaute auf das immer noch kühne, bleiche Gesicht des Mannes, dessen Gestalt mir aber kleiner zu sein schien als früher. Das sei so, sagte mir später der Bestatter, wenn ein Leichnam älter sei als einen Tag.

Bei der Beerdigung glaubte ich in den Mienen der Trauernden so etwas wie Zufriedenheit wahrzunehmen, die während des sich anschließenden Totenmahls auch nicht unausgesprochen blieb. Schon zwischen Vorspeise und Fleischgang stellte man dann fest, welch schönen Tod Heinz doch gehabt habe, und nach dem Dessert war man sich einig, daß es gar nicht hätte besser kommen können.

Vorzeitig verabschiedete ich mich von der immer fröhlicher werdenden Gesellschaft. Ich mußte an damals denken, an den großen ‚Prisoner of War'...“

Ich atmete tief und war ganz ergriffen von meinen Erinnerungen. Neben mir war es ruhig, ich schaute hinüber und sah, daß Christina eingeschlafen war. Ich konnte es verstehen. Zuviel Vergangenheit mußte sie ja langweilen, dachte ich mir, zumal es nicht die ihre war. Der Tag war anstrengend gewesen, und auch ich spürte, daß ich allmählich müde wurde. Ich entspannte, vielleicht, weil ich so lange erzählt und darüber die Aufregungen vergessen hatte.

Der Sturm hatte nachgelassen, zwischen Wolkenfetzen schien der Mond ins Zimmer und beleuchtete Christinas Gesicht. Mit einem Male war ich sehr ruhig, sogar irgendwie glücklich, und ich schlief ein.

Wieder war Christina am Morgen eher auf als ich. Das gemeinsame Frühstück! Wie gestern brauchte ich einige Zeit, um mich zurechtzufinden. Ich stand auf und machte mich fertig. Gut geschlafen hatte ich, und ich fühlte mich richtig wohl. Die Jazzthemen, die ich vor mich hinpfiff, gefielen Christina allerdings nicht besonders. Sie packte schon ihren Koffer.

Um ehrlich zu sein, ich war froh, daß unser Treffen zu Ende ging. Selbst wenn man davon absah, was gestern abend passiert war, sollte man jetzt aufbrechen. Man hatte die alten Kameraden und den Trubel lange genug um sich gehabt und sehnte sich nach zu Hause, nach der vertrauten Umgebung, nach dem Alltag und sogar nach der Arbeit. Im ‚Schwan' mochte es noch so behaglich sein, aber es war eben nur ein Hotel, ein Haus, in dem man nur vorübergehend leben möchte.

Die Heimatstadt? Sicher, schön war unser Rundgang gestern gewesen, angenehm waren die Erinnerungen, nicht zuletzt, weil Christina so interessiert zugehört hatte. Aber hatte es hier früher nicht so viele eintönige Tage, Wochen und Monate gegeben, vor allem im Winter, der meist nur graue Wolken, Schlackregen und Nebel brachte? Objektiv gesehen war die Stadt ein mittelgroßer Ort in Norddeutschland, nicht gerade anziehend, mit viel neuer Industrie und wenig Abwechslung, ein Ort, in dem ich außer Hans und Walter kaum noch jemanden kannte und der mir fremd geworden war. Nur der Jugend Zauber, um ein Dichterwort zu bemühen, machte ihn zu etwas Besonderem, er verklärte ihn über alle Maßen. Aber diese Jugend war dahin. Das verblichene Damals ließ sich für ein oder zwei Abende wiederbeleben, doch dann war es vorbei damit. Dann mußte Schluß sein.

Christina stimmte mir zu, auch sie freute sich, daß es nach dem Frühstück zurück nach Frankfurt gehen würde.

Wir gingen hinunter, wieder in den hellen Raum an der Terrasse. Diesmal waren sehr viele Ehemalige um die schön dekorierten Tische versammelt, allen voran Walter, der jetzt aufstand und sich bedankte, daß fast alle wie verabredet pünktlich um zehn erschienen seien, um das erlebnisreiche Fest – so sagte er – ausklingen zu lassen. Leider müsse er zwei von uns entschuldigen, und zwar Hagen Fresenius und Gerhard Rolfes. Beide seien schon ganz in der Frühe abgereist. Er wolle dazu nichts sagen, jeder könne sich seinen Teil denken, aber er freue sich, daß wenigstens Gerhards Frau geblieben sei. Dann wünschte allen einen guten Appetit und nickte der blassen, jungen Anne zu, die allein an einem Tisch in der Ecke saß.

Jemand rief, daß Michael noch fehle.

„Der hat sicher verschlafen und wird bald aufkreuzen", meinte der Tierarzt wohlgelaunt.

Wie gestern morgen war das Angebot von bester Qualität, und entsprechend drängte es sich am Büfett. Christina und ich ließen uns Zeit, zumal Hans gerade eintraf und von uns mit Freude begrüßt wurde. Wir tranken zunächst einmal eine Tasse Kaffee. Dann wurde es leerer vor der Anrichte, und auch wir bedienten uns.

Wir waren noch nicht ganz mit dem Frühstück fertig, als plötzlich die Tür zu unserem Raum ruckartig und mit ziemlichem Getöse aufgerissen wurde. Alle drehten sich erschrocken um. Im Eingang stand bleich und völlig aufgelöst die Dame von der Rezeption, und mit ihr betraten zwei Polizisten den Raum, der eine offensichtlich ein höherer Beamter, wie an seiner Uniform zu erkennen war. Im Hintergrund sah man zwei weitere Leute in Zivil. Der erste Beamte stellte sich als Leiter der örtlichen Polizeistation vor, er nannte seinen Namen, wobei ich so etwas wie Molitor verstand.

Der Mann schien schockiert und wandte sich mit ernster Miene an uns, die wir wie angewurzelt auf unseren Plätzen saßen.

„Meine Damen und Herren", begann er, und das Sprechen schien ihm schwer zu fallen, „es tut mir leid, Sie so überfallartig stören zu müssen, aber... es ist... etwas Furchtbares geschehen. Ich mag es kaum aussprechen, aber... es muß sein."

Er stockte für einen Moment, dann sagte er in amtlichem Ton, aber mit belegter Stimme:

„Einer Ihrer ehemaligen Klassenkameraden wurde vor etwa einer halben Stunde tot in seinem Bett aufgefunden. Es handelt sich um den Herrn aus Zimmer 15, um... einen gewissen Michael Hoberg."

Schlagartig war es still im Raum. Viele wurden blaß, und jeder schwieg ebenso ungläubig wie fassungslos. Alle schauten sich entsetzt an. Dann senkten einige den Blick, andere schüttelten den Kopf und sahen zum Fenster hinaus in den verregneten Park. Niemand sagte ein Wort. Ein Messer fiel zu Boden, ein Teller schepperte, dann war es wieder ganz ruhig. In der lang andauernden, quälenden Stille war nur ein leises, wimmerndes Schluchzen zu hören.

Der Polizeibeamte wischte sich die Stirn.

„Ich kann Ihnen nur wenig mitteilen, denn der Tote ist, wie ich sagte, erst vor kurzer Zeit entdeckt worden."

Er deutete auf die junge Hotelangestellte, die uns mit verweinten Augen ansah.

„Die Dame hier hat vor ungefähr zwei Stunden die Telefonnummer von Nr.15 gewählt, um Herrn Hoberg zu wecken. So hatte er es gestern abend gewünscht. Als er sich nicht meldete und auch nach über einer Stunde nicht erschien, ist sie zu seinem Zimmer hinaufgegangen und hat mehrmals geklopft. Es kam keine Antwort, und dann hat die Dame die Klinke gedrückt. Zu ihrer Überraschung war die Tür unverschlossen. Sie ging hinein und sah den Gast – ich muß es so sagen – blutüberströmt und anscheinend leblos in seinem Bett liegen. Aus seinem Zimmer noch hat sie sofort bei uns angerufen. Wir sind nur wenige hundert Meter von hier entfernt, und wir waren schnell da. Unser Arzt, der gleich mit uns gekommen ist, stellte nach kurzer Untersuchung den Tod des Herrn fest.

Mehr kann und darf ich Ihnen im Moment nicht sagen, denn wir haben, wie es in solchen Fällen unsere Pflicht ist, augenblicklich unsere obere Polizeibehörde in Osnabrück informiert, und von dort wird in etwa einer Stunde eine Mordkommission eintreffen. Leider nämlich müssen wir von einem Tötungsdelikt ausgehen. Das Zimmer Nr. 15 ist abgeperrt und versiegelt, niemand darf es betreten, nichts darf angerührt werden.

Und nun das für Sie Unangenehmste, meine Damen und Herren. Sie dürfen das Hotel vorläufig nicht verlassen, sondern müssen warten, bis die Kommission hier ist. Ich habe strikte Anweisung. Es tut mir leid, aber es geht nicht anders. Das Hotel ist für heute geschlossen. Wir haben an allen Türen, die nach draußen führen, Steckschlösser anbringen müssen, so daß Ihre Schlüssel nicht mehr passen. Im übrigen wäre es auch töricht, wenn jemand versuchen sollte, hinauszukommen. Er würde sich ja verdächtig machen. Innerhalb des Hauses können Sie sich frei bewegen, Sie können auch telefonieren, allerdings nur im Beisein einer meiner Beamten. Ihre Zimmertelefone sind blockiert. Sie werden es verstehen, da vorläufig nichts nach außen dringen darf. Vor allem nicht an die Presse!

Ich möchte Sie bitten, in ungefähr zwei Stunden wieder in diesen Frühstücksraum hier zu kommen. Meine Kollegen aus Osnabrück werden dann die ersten Untersuchungen abgeschlossen haben und mit Ihnen sprechen wollen. Das möchte ich schon jetzt mit dem Organisator Ihrer Veranstaltung tun, mit Herrn Franke, den ich von einer anderen Sache her schon kenne."

Der Beamte atmete auf, dann fügte er hinzu:

„Ich glaube, die Rezeptionistin des Hotels möchte Ihnen auch noch etwas mitteilen."

Er drehte sich um und ging mit seinen Leuten ins Foyer.

Die junge Dame stand da und kämpfte mit sich, dann nahm sie sich zusammen und sagte mit unsicherer Stimme, es sei doch in unserem und auch im Interesse des Hotels, wenn alles ohne Aufsehen abliefe, und sie bat fast flehentlich darum, wir möchten Diskretion und Haltung bewahren.

Letzteres konnte sie natürlich kaum erwarten, denn mit der Ruhe war es jetzt vorbei. Nach dem ersten Erstarren sprangen einige auf und gingen erregt auf und ab, andere blieben an ihren Tischen und redeten aufeinander ein. Manche saßen immer noch konsterniert da und konnten nicht begreifen, was der Beamte gesagt hatte.

Doch bald schon schwirrten Fragen durch den Raum, sie steigerten sich zu einem Wortgewitter, denn fast alle wollten wissen, wann, wie und warum das Fürchterliche passiert sein konnte, und vor allem, wer die schreckliche Tat verübt haben mochte?

Und es kam, wie es kommen mußte, es fielen zwei Namen, wenn sie auch vorsichtig und mit allem Vorbehalt genannt wurden, und zwar die von Rolfes und Fresenius.

Einige der Ehemaligen jedoch, die eher skeptisch und von gesundem Menschenverstand waren, wiegelten ab, sie sprachen von möglichem Selbstmord, sie mahnten, erst einmal die genauen Befunde der Kommission abzuwarten, und sie hielten weder Hagen noch Gerhard einer solchen Tat für fähig.

Wie sollte man überhaupt glauben, daß ein Klassenkamerad einem anderen so etwas antun könnte!

Dann kam wieder das Entsetzen hoch, das würgende Gefühl, daß dort oben im Zimmer 15 der blutige Leichnam Michaels lag, daß ihm nicht mehr zu helfen war und daß er, der vor wenigen Stunden noch so lebendig neben uns gesessen und mit uns geplaudert hatte, plötzlich nicht mehr da war, nicht mehr existierte!

In solchen Gedanken gingen Hans, Christina und ich zur Bar hinüber, die jetzt am Tage düster und öde aussah. Ausnahmsweise, so einer der Kellner, werde er sie öffnen, und machte Licht.

Wieder setzten wir uns an den Ecktisch, und wie von selbst gesellten sich Angela, Elke und Jürgen zu uns. Die beiden Frauen hatten Anne gerade in ihr Zimmer gebracht. Die sei überhaupt nicht ansprechbar und völlig durcheinander, sagten sie.

Ihnen selbst ging es wohl kaum anders, und besonders Angela wirkte, als sei die Welt zerbrochen. Verzweifelt schaute sie vor sich hin.

Durch die offene Tür zum Foyer sahen wir Walter Franke mit dem Polizeibeamten Molitor reden.

„Was sagt er ihm wohl?" fragte Elke.

„Daß zwei von uns, Fresenius und Rolfes, heute morgen schon ganz früh abgereist sind – wenn er es nicht bereits von der Hotelangestellten erfahren hat", antwortete Jürgen.

„Wird er Walter fragen, ob er mehr weiß und warum die beiden vorzeitig weg sind?"

„Glaube ich nicht. Solche Fragen wird er der Mordkommission überlassen."

Wir bestellten Kaffee, dazu einen Cognac, aber nur diesen einen, da wir nüchtern sein wollten, wenn die Beamten aus der Provinzhauptstadt eintreffen würden.

Wir dachten wieder an Michael, und keiner sagte etwas.

Nach einiger Zeit begann Elke zu weinen. Dann schneuzte sie sich und meinte:

„Der Fresenius war es, da bin ich sicher. Der haut jetzt ab nach Argentinien, und keiner kriegt ihn. Man weiß doch, daß da schon ganz andere Schweine untergetaucht sind."

„Langsam, Elke, langsam", hielt Jürgen dagegen. „Hast du auch nur den geringsten Beweis?"

„Denk' an vorgestern abend, Jürgen, und an gestern, wie er Michael gedroht hat."

„Unsinn, er war es nicht."

Angela saß immer noch stumm da.

„Der verdammte Rolfes", zischte sie plötzlich. „Der hat doch als Jäger bestimmt eine Pistole!"

Niemand antwortete.

Jürgen stand auf und ging zu seiner Frau hinüber, die sich im Foyer mit Meiners unterhielt.

Christina und ich wollten auf unser Zimmer, während Hans einen der Polizisten bat, mit seiner Frau telefonieren zu dürfen. Er mußte aber verschweigen, weshalb er später als gedacht nach Hause käme.

Als wir auf unserem Weg an Zimmer 15 vorbeikamen, schauderte uns. Es war totenstill, und immer noch konnten wir kaum glauben, was sich hinter der Tür verbarg. Das kleine Siegel unterhalb des Schlosses war wie ein Stigma.

Während Christina ihren Koffer schloß, wurde mir klar, daß wir eigentlich wie Gefangene oder zumindest Arrestanten behandelt wurden. War es erlaubt? Ich dachte nach, doch ohne meine Gesetzesliteratur kam ich nicht weiter. Aber ich würde protestieren, das nahm ich mir vor, denn ich wollte weg. Ich mußte morgen wieder in Frankfurt sein. Ich wollte in meiner Kanzlei sein.

Die zwei Stunden waren um, und wir gingen hinunter. An der Tür Nr. 15 fehlte das Siegel, und es schien, als seien Leute im Zimmer.

Der Frühstücksraum vibrierte vor Spannung, als wir kamen. Alle waren versammelt, einige hatten ihn gar nicht verlassen. Etwa eine Viertelstunde nach der vereinbarten Zeit erschienen zwei Beamte in Zivil, der eine groß und mager, der andere, ein älterer, war klein und dick. Im Hintergrund stand wie ein Denkmal der heimische Vertreter der Staatsgewalt.

„Pat und Patachon", flüsterte Hans mir zu, der uns einen Platz freigehalten hatte.

Der Dicke nahm das Wort. Er stellte sich als Leiter der Mordkommission Osnabrück vor, sein Name sei Brümmer. Den langen Kollegen, einen Herrn Deters, bezeichnete er als seinen Assistenten.

„Meine Damen und Herren", so redete er uns wie der Beamte Molitor vor gut zwei Stunden an. „Ich bitte Sie zunächst um Entschuldigung, daß wir Sie hier festgehalten haben. Sie werden mir jedoch nichts vorzuwerfen haben, wenn Sie erfahren, was heute nacht in diesem Hotel geschehen ist."

Er machte eine eindrucksvolle Pause.

„Der Herr Kollege aus Ihrer Heimatstadt" – er schaute nach hinten – „hat Sie ja schon über den Vorfall informiert, soweit er dazu imstande war. Wir von der Mordkommission sind vor einer Stunde aus Osnabrück eingetroffen. Wir haben das Hotel durch einen Kellereingang betreten, um jedes Aufsehen zu vermeiden, und deshalb werden Sie uns kaum bemerkt haben."

Viele Ehemalige machten ein erstauntes Gesicht.

„Nach kurzer Zeit bereits haben wir schon Ihretwegen mit unseren Untersuchungen begonnen, denn wir verstehen, daß Sie ungeduldig sind und das Hotel bald verlassen möchten. Vorher allerdings werden wir Ihnen einige Fragen stellen müssen.

Zunächst einmal darf ich sagen, daß der Tatbestand ziemlich eindeutig ist. Ich werde Ihnen jetzt mit größtmöglicher Rücksicht schildern, was wir bisher herausgefunden haben, einmal, weil es sich bei dem Toten um einen Ihrer Freunde handelt, zum anderen auch, weil Damen im Raum sind."

Die Spannung stieg.

Der Kommissar zog einen Zettel aus der Tasche.

„Herr Michael Hoberg, 46 Jahre alt, wohnhaft in München, Bogenhausener Allee 86, ist in der vergangenen Nacht im Zimmer 15 dieses Hotels etwa gegen drei Uhr morgens im Bett durch einen Pistolenschuß in die rechte Schläfe von fremder Hand getötet worden."

Gemurmel ringsum.

„Die Tat geschah, als das Opfer schlief, dennoch wurde der plumpe Versuch unternommen, einen Selbstmord vorzutäuschen."

Der Beamte schwieg wirkungsvoll.

„Der Tote hielt die Tatwaffe in der rechten Hand, aber sie wurde nachträglich hinein manipuliert. Das hätte sogar ein Laie erkennen können. Einschußwinkel und Wundkanal entsprechen absolut nicht der Handhaltung bei einer Selbsttötung dieser Art."

Wieder eine Pause. Der hagere Herr Deters hatte regelmäßig genickt, während sein Chef berichtete, so wie gestern abend die Frau von Robert Wilbers, als ihr Mann so aufschnitt. Das Kölner Ehepaar saß weit vorn und war heute weniger auffällig gekleidet.

„Vollends klar wurde alles, als wir die Tatwaffe, eine Beretta, untersuchten. Die Tötung nämlich erfolgte mit aufgesetztem Schalldämpfer, die Spuren am Lauf und auch anderes waren eindeutig. Der Schalldämpfer fand sich aber nicht, und der Tote wird ihn wohl kaum versteckt haben, nicht wahr?"

Der Versuch Brümmers, einen Scherz zu machen, wurde als ungehörig empfunden.

„Es steht also fest, daß Herr Hoberg ermordet wurde. Er hat sich nicht wehren können, weil er zur Tatzeit vermutlich fest schlief, so sagt unser Arzt. Uns gibt zu denken, warum die Tür zu seinem Zimmer nicht verschlossen war, was ja in einem Hotel ungewöhnlich ist. Hatte er es vergessen? Oder erwartete er jemanden und schloß deswegen nicht ab? Wir überlegen noch. Jedenfalls hatten es der Täter oder die Täterin oder auch mehrere Täter nicht schwer, in das Zimmer zu gelangen und ihr Vorhaben auszuführen. Eine spontane Tat, etwa im Affekt, erscheint so gut wie ausgeschlossen."

Die Feststellung des Beamten, daß es auch eine Täterin oder sogar mehrere gewesen sein könnten, überraschte die meisten. Daran hatten sie nicht gedacht.

„Und nun unsere entscheidende Vermutung, meine Damen und Herren" – Brümmer beugte sich vor – „wir müssen davon ausgehen, daß der Täter schon vorher hier im Hotel war, daß er also unter den Gästen zu suchen ist."

Alle schauten sich an. Manche nickten, als hätten sie es längst gewußt.

„Und weil gestern abend außer Ihnen niemand im Hotel war, muß es logischerweise einer von Ihnen gewesen sein!"

Der Kommissar blickte triumphierend, zugleich aber finster in die Runde.

„Und das Personal?" fragte Jürgen Sievers plötzlich.

Brümmer stutzte einen Augenblick, dann sagte er etwas unwillig: „Auch daran haben wir gedacht, werter Herr. Wir verfolgen jeden Hinweis und lassen nichts außer acht. Jedenfalls hat die hier verantwortliche Dame ausgesagt, daß nur Ihre Gruppe im Hotel war und daß nach zwölf Uhr alle Eingänge verschlossen waren. Zwei von Ihnen, die hier im Ort wohnen, sind kurz zuvor hinaus geleitet worden".

Hans und Walter bestätigten es.

„Es gibt keinerlei Spuren für ein gewaltsames Eindringen in den Hotelbereich", fuhr Brümmer fort, „und somit setzen wir vorläufig nur diesen Fall."

„Wissen Sie überhaupt, Herr Polizeikommissar, daß sich heute morgen in der Frühe zwei Leute klammheimlich davongemacht haben? Und zwar zwei, die gestern abend und die ganze Nacht hier im Hotel waren?" Elkes etwas schrille Stimme war nicht zu überhören.

„Jawohl, liebe Dame, auch das weiß ich. Ich sehe, Sie sorgen sich und sind offenbar bereit, uns zu helfen. Und Sie geben gewissermaßen das Signal, denn wir möchten jetzt zu den Einzelaussagen übergehen, um voranzukommen und Sie bald zu erlösen. Ich merke, daß einige von Ihnen schon nervös sind."

Der Kommissar, den ich wohl unterschätzte, hatte mich dabei scharf angeschaut. Er wußte offenbar einiges über uns.

„Ich möchte Sie hiermit auffordern, sich bereit zu halten. Meine Beamten werden Sie im Laufe des Nachmittags über die Rufanlage des Hotels in das Büro oder einige andere Räumlichkeiten bitten, damit Sie Ihre Aussagen machen können. Sie dürfen sich überall im Hotel aufhalten, können essen, Kaffee trinken oder sonst etwas. Dem Alkohol bitte ich lediglich in Maßen zuzusprechen, Sie wissen, warum. Ich hoffe, daß wir gegen 17 Uhr fertig sind und Sie dann nach einem letzten gemeinsamen Gespräch entlassen können.

Eines noch. In etwa einer Stunde kommen zwei Spezialisten aus Osnabrück, um den Leichnam Ihres Freundes zur Obduktion abzuholen. Ich empfehle Ihnen, diese Aktion nicht in unnötiger Neugier zu stören, einmal aus Gründen der Pietät, aber auch, weil Sie Ihren Kameraden so in Erinnerung behalten sollten, wie er gestern war. Er war ein ungewöhnlich schöner Mensch, das muß ich sagen, aber die Schußverletzung hat ihn doch sehr entstellt. Wir dürfen eben nichts verändern, wenn Sie verstehen. Erst der Bestatter wird später das Seine tun."

Wieder hörte man ein leises Weinen, während die meisten betroffen schwiegen. Der Beamte ging ins Foyer, und ich folgte ihm. Er sprach mich sofort an.

„Ich hörte, Sie sind Anwalt", meinte er lächelnd, „und ich denke, Sie wollen gegen unsere Maßnahmen protestieren."

„Meinen Sie nicht, daß Sie hier massive Freiheitsberaubung betreiben?" fragte ich ihn und überzog bewußt.

„Ich weiß, ich stehe auf dünnem Eis", antwortete er, „und auch unser Justitiar wollte mir nicht beistehen, obwohl er im Gegensatz zu Ihnen in seinem ‚Schönfelder' blättern konnte."

Er hatte mich mit seinem Kompliment schon halb versöhnt.

„Was soll ich machen? Jetzt habe ich alle beisammen, ich kann in Ruhe beobachten und zuhören. Morgen sind Sie und Ihre Kameraden in alle Winde zerstreut und müssen auf Kosten des Steuerzahlers in die Polizeipräsidien gebeten werden, ohne daß ich dabei bin. Sehen wir es als Sparmaßnahme, so, wie ich auch vorschlage, daß ich Sie in etwa einer Stunde gleich zusammen mit Ihrem Freund befragen möchte, falls Sie einverstanden sind."

Ich merkte, Walter hatte dem Polizisten einiges erzählt. Aber recht so, es würde alles schneller gehen.

Ich suchte Hans und fand ihn mit Christina in der Bar.

Wieder unterhielten wir uns über Michael. Wie gut hatten wir uns früher mit ihm verstanden! Was hatten wir nicht alles zusammen mit ihm unternommen! Und wie freundlich, klar, liebenswert und sympathisch hatte er auch in diesen Tagen gewirkt! Und jetzt war er tot! Über sein Leben nach der Pennälerzeit konnten wir nur mutmaßen, wir wußten zu wenig von ihm. Lebten seine Eltern noch? In der Heimatstadt waren sie nicht mehr, das hatte Walter uns gesagt. Mir fiel seine Schwester ein, die ich einmal so gut kannte. Mußte man sie nicht sofort benachrichtigen? Aber wo wohnte sie?

Ich fragte mich, ob ich dem Kriminalbeamten verraten sollte, was ich in der Nacht zum Samstag im Hotelflur wahrgenommen hatte. Ein Beweis für den Seitensprung der Anne war es eigentlich nicht, denn ich hatte ja nichts gesehen. Trotzdem, ich mußte aussagen.

Der Kommissar ließ Hans und mich rufen. Im Büro des Hotels saßen wir ihm gegenüber. Er rauchte eine Zigarre.

„Keine langen Umschweife, meine Herren", eröffnete er das Gespräch – oder sollte man es Verhör nennen – „Sie haben den Toten von früher her besser gekannt als die meisten hier, Sie waren befreundet. Können Sie mir irgend etwas mitteilen, und sei es noch so abwegig, was mit der Tat zusammenhängen könnte? Wie war dieser Herr Hoberg?"

Was sollten wir sagen? Michael sei ein besonderer Mensch gewesen, erklärten wir, schon wegen seines Aussehens, aber auch wegen seiner Intelligenz. Und er habe immer mutig seine Meinung geäußert und zu ihr gestanden.

„Sie meinen, als er sich mit Ihrem Klassenkameraden aus Argentinien stritt?"

„Ja, zum Beispiel."

„Eine Ihrer Damen erzählte mir davon, und sie hielt diesen Rinderbaron unumstößlich für den Mörder. Der sei ein Barbar, schießwütig und hemmungslos, und er habe dem Herrn Hoberg gestern abend den Tod angekündigt."

Unsere Elke...

„Denken Sie ähnlich?"

„Ach was", sagte Hans.

„Wie haben den Mann trotzdem heute mittag auf dem Düsseldorfer Flughafen festhalten lassen, und ich werde bald erfahren, ob ein Verdacht zu rechtfertigen ist."

„Auch ich glaube nicht, daß Fresenius etwas damit zu tun hat", setzte ich hinzu.

„Aber vielleicht der Herr Rolfes?" Der Kommissar schaute uns lauernd an. „Eine andere Ihrer Damen, eine recht hübsche übrigens, hat diesen Herrn schwer beschuldigt. Maßlos eifersüchtig und jähzornig sei er schon früher gewesen, und jetzt sei es noch schlimmer damit geworden. Seine junge Frau sei mit Michael Hoberg in der Nacht von Freitag auf Samstag intim geworden, und das habe der Ehemann, obwohl er in seinem Zimmer schlief, am anderen Morgen gemerkt. Nur so erkläre sich sein Wahnsinnsanfall am gestrigen Abend. Waren auch Sie Zeugen dieses Vorfalls?"

Wir bejahten.

„Wissen Sie mehr?"

Ich spürte, daß der Herr Brümmer mich unerbittlich lockte, und ich berichtete ihm jetzt, was ich nachts im Flur gehört und auch, was ich am anderen Tag in Annes Gesicht gesehen hatte.

„Beachtenswert, sehr beachtenswert sogar, aber es beweist nichts", meinte unser beleibtes Gegenüber. Er beugte sich vor.

„Ich will Ihnen reinen Wein einschenken, meine Herren, schon, weil Sie mir bisher auch entgegengekommen sind. Wir haben die Bettwäsche aus Zimmer 15 untersuchen lassen. Einer unserer Beamten ist gleich nach den ersten Ermittlungen mit verschiedenem möglichen Beweismaterial, vor allem mit der Tatwaffe, in unser kriminaltechnisches Labor gefahren. Manche Ergebnisse wurden uns bereits telefonisch übermittelt. In den Bettüchern wurden Spuren von Sperma und Sekrete festgestellt. Dazu fand man einige Haare, sowohl Kopfhaare als auch Schamhaare. Und eines der Kopfhaare war lang, dunkel und weiblich. Ich werde gleich nach unserem Gespräch in das Zimmer der jungen Frau gehen und sie mit unseren Entdeckungen konfrontieren. Ich bin sicher, daß sie nicht warten wird, bis wir einen Haarvergleich durchführen, sondern sie wird mir einiges erzählen, auch wenn sie sich nicht gut fühlt. Aber ich kann recht väterlich sein, und das wird helfen. In kurzer Zeit schon, meine Herren, werde ich sehr viel mehr wissen."

Er wandte sich an mich.

„Noch eine Routinefrage. Haben Sie in der letzten Nacht um drei Uhr herum, zur Tatzeit also, im Hotel irgendwelche Geräusche gehört? Ihr Zimmer war nicht weit entfernt von Nr. 15."

Ich mußte verneinen.

„Nun ja, es war auch recht laut draußen, die Bäume rauschten im Wind. Außerdem werden Sie fest geschlafen haben, nicht wahr?. Meine Herren, ich danke Ihnen und – bitte um Verschwiegenheit."

Als der Kommissar uns fast herzlich die Hand gab, ahnte ich, daß es schlecht stand um Gerhard Rolfes.

Wir verließen das Büro und sahen im Foyer einige unserer Leute beisammen stehen und tuscheln. Sie hatten beobachtet, wie der Leichnam abtransportiert worden war. Zwei Männer hätten einen länglichen Alu-Behälter mit Haltegriffen durch das Treppenhaus in den Keller und dann durch die Außentür zu einem Kombi-Wagen getragen. Jetzt seien sie weg, und außer ihnen habe niemand etwas bemerkt. Sie könnten immer noch nicht begreifen, daß in dem grauen Kasten Michael gelegen hätte...

Die Zeit bis zum versprochenen Termin zog sich dahin. Ich ging auf unser Zimmer und packte auch meine Sachen. Dann ließen wir uns eine Tasse Kaffee bringen.

„Wie vor zwei Tagen, als wir ankamen", meinte Christina.

„Da war es der erste Kaffee. Hoffentlich wird dies der letzte sein".

Ich schaute meine Frau an und sah, daß sie von allem nicht unberührt geblieben war. Sie hatte Schatten unter den Augen und war blaß. Sie tat mir leid, in solch eine Situation hineingeraten zu sein, und ich versuchte sie aufzurichten.

„Ich bitte dich", sagte sie darauf, „ich war es doch, die hierher wollte. Ich habe dich doch fast überreden müssen."

Ich spürte, wie sehr auch sie das Ende dieses bösen Tages herbeisehnte.

Siebzehn Uhr!

Wir gingen hinunter in den Frühstücksraum, und wieder waren alle da. Diesmal erschien der Kommissar pünktlich, und er sah aus wie einer, der gesiegt hat.

„Gute Nachricht für Sie", begann er nach einer Weile, nachdem er die Ehemaligen noch einmal gründlich fixiert hatte.

„Meine Damen und Herren, ich darf Ihnen mitteilen, daß Sie in wenigen Minuten das Hotel verlassen können, denn unsere Untersuchungen vor Ort sind abgeschlossen. Und ich möchte Sie über das Ergebnis nicht im Ungewissen lassen, sondern Sie, wie es so schön heißt, über den Stand der Dinge unterrichten."

Der Kommissar streute wieder eine seiner Pausen ein, dann fuhr er fort.

„Einige von Ihnen werden überrascht sein, andere weniger. Jedenfalls haben wir vor etwa einer halben Stunde eine Verhaftung vorgenommen, und Sie können sich denken, wie erleichtert ich bin."

Die Spannung wuchs. Brümmer schwieg erneut und schaute auf seinen Notizzettel.

„Wir haben in Münster in Westfalen einen Ihrer ehemaligen Klassenkameraden, und zwar den Landwirtschaftsrat Gerhard Rolfes, in seinem Appartement in der Kerckeringstraße 21 wegen dringenden Tatverdachts festnehmen lassen."

Der Kommissar hatte die Nachricht etwas salbungsvoll verlesen, sie wirkte aber wegen des distanzierenden Tons geradezu ungeheuerlich.

Zwar hatten einige, besonders Angela, den Gerhard mit schneller Zunge schon hinreichend verdächtigt, ja fast verurteilt, doch jetzt war es amtlich verkündete Realität, jetzt stand es fest, und da waren alle doch sehr geschockt. Ein Klassenkamerad hatte einen anderen getötet, das mußte man sich vorstellen!

„Ich darf Ihnen wegen der noch laufenden Ermittlungen natürlich nicht alles sagen", hörte man in allgemeiner Unruhe den Kommissar weiter sagen, „aber diese Verhaftung ist mehr als begründet, ja, man könnte sagen, der Täter ist so gut wie überführt. Die Beweislast ist erdrückend.

Gleichzeitig sind Sie, meine Herrschaften, von jedem Verdacht befreit, Sie sind gewissermaßen aus der Haft entlassen."

Brümmer sah mich spitzbübisch lächelnd an, als er es sagte.

„Ihre Aussagen sind protokolliert und werden für das Gerichtsverfahren wichtig sein. Ich nehme jedoch an, daß Sie nur im Ausnahmefall vorgeladen werden. Sie würden dann benachrichtigt.

Ich möchte mich zum Schluß noch einmal für Ihre Geduld und Mitarbeit bedanken und wünsche Ihnen trotz des traurigen Ausgangs eine gute Heimreise. Leben Sie wohl!"

Damit ging er davon.

Zum letzten Mal sah man die Ehemaligen beieinander stehen und heftig diskutieren.

„Also doch der Rolfes...dann stimmte ja, was er da geschrien hat... trotzdem, wie konnte er nur...da bringt man doch nicht gleich jemanden um...der Michael war ja auch zu schön...was wird denn nun mit ihm...Michael mußte sterben, weil der Rolfes so jähzornig war...ach, es ist doch fürchterlich...daß unser Klassenfest so ausgehen muß... ich bin froh, wenn ich wieder zu Hause bin" – so hörte man es ringsum sagen, und es schien kein Ende damit nehmen zu wollen.

Besonders Angela und Elke konnten sich gar nicht einkriegen. Sie nickten nach allen Seiten und versicherten jedem ihr ‚Ich habe es ja gleich gesagt', oder ‚So mußte es ja kommen', und es schien, als sei es ihnen am liebsten, wenn augenblicklich über Rolfes Gericht gehalten würde. Einige andere gestikulierten wild oder drohten mit dem Zeigefinger, wieder andere, wie etwa die Lehrertöchter, blickten stumm ins Leere.

Schließlich begann die Gesellschaft sich aufzulösen. Die meisten strebten immer noch fassungslos und kopfschüttelnd ihren Zimmern zu, um Koffer und Taschen zu holen. Und bald schon gab es das schönste Gedränge an der Rezeption, denn mit einem Mal wollten alle so schnell wie möglich abreisen. Die Empfangsdame, die inzwischen wieder selbstsicher hinter ihrer Barriere stand, konnte gar nicht eilig genug die Rechnungen ausstellen und kassieren.

Ich ging mit meiner Frau und Hans in die Bar. Es drängte uns, noch einmal über Michael zu sprechen und über Rolfes.

Hatte der Gerhard es wirklich getan? Sicherlich, eifersüchtig war er, wie man es eigentlich nur in Romanen erleben konnte, und sein Wutausbruch war fast bühnenreif gewesen. Doch hatte er nicht Zeit genug gehabt, sich zu beruhigen? Hatten Jürgen und Walter nicht gesagt, er habe wie betäubt im Bett gelegen? Er war doch ein Mann von Verstand und Bildung, Berater von Beruf, Landwirt außerdem, und das paßte doch nicht zu dem Bild, das man sich von einem Mörder machte! Und was würde mit seiner Anne werden? Wer würde ihr beistehen?

So redeten wir, und dann sagten wir wieder nichts und starrten vor uns hin. Ab und zu nippten wir an unserem Getränk. Vielleicht wollten wir nur den Abschied hinauszögern.

Plötzlich kam der Kommissar herein.

„Wenn Sie gestatten, Herr Rechtsanwalt", meinte er und schwang sich neben mich auf den Barhocker.

Er wirkte entspannt und aufgeräumt. Ich mochte ihn, schon deswegen, weil ich bei ihm nichts von der Aversion verspürte, die unterschwellig oft zwischen Anwälten und der Polizei vorhanden ist, da wir als Strafverteidiger den Hütern der staatlichen Ordnung gewissermaßen doch die Beute streitig machen, die sie mühsam geschlagen haben. Außerdem hatte dieser Brümmer etwas Originelles an sich.

Er bestellte ein Bier, nahm einen kräftigen Schluck und schaute mich an.

„Ihren Klassenkameraden zu verteidigen wird nicht einfach sein", sagte er.

Ich merkte, daß er reden wollte.

„Eindeutige Beweise, leichter war es selten für mich", meinte er.

„Ich bin neugierig."

Christina und Hans beugten sich ein wenig hinüber, um mitzuhören.

„Sie erinnern sich, daß ich nach unserem Gespräch vorhin in das Zimmer von Frau Rolfes gegangen bin. Ich wußte, in welchem Zustand sie war und wollte sie nicht den Blicken der anderen aussetzen. Ich habe sie sehr schonend nach all dem gefragt, was ich erfahren wollte, und sie hat geantwortet. Was Sie, Herr Anwalt, in der Nacht zum Sonnabend wahrgenommen haben, hat sie mir nach kurzem Zögern bestätigt. Aber das war es nicht, sondern wie sie dann schilderte, was der Mann mit ihr angestellt hat, als er merkte, daß sie ihn betrogen hatte, so etwas habe ich selten gehört. Das hat sich am Morgen abgespielt. Ersparen sie mir Details, Sie können es sich ja denken.

Aber jetzt das Entscheidende. Sie hat ausgesagt, daß ihr Mann in der darauffolgenden Nacht um drei Uhr herum für längere Zeit nicht in seinem Zimmer war. Sie habe in ihrem Einzelzimmer nach allem, was geschehen sei, nicht schlafen können, sagte sie mir, und sie sei schließlich aufgestanden und habe zu ihm gewollt, um mit ihm zu reden. Verrückt um diese Zeit, aber sie hätte es nicht mehr ausgehalten. Zu ihrem Erstaunen jedoch sei das Zimmer leer gewesen. Sie hätte dann auf ihn gewartet, und nach einiger Zeit sei er gekommen. Ganz bleich und aufgeregt sei er gewesen, er habe sie sofort aus dem Zimmer gewiesen und die Tür hinter sich abgeschlossen. Sie sei danach ganz verzweifelt in ihr Zimmer zurückgekehrt.

Ich bin dann aufs Ganze gegangen und habe ihr ein Foto gezeigt, das wir von der Pistole gemacht hatten, bevor wir sie in unser Labor geschickt haben.

Sie hat sofort bestätigt, daß es seine Waffe war. Sie erkannte sie an einer Gravur am Griff und an der gesamten Form. Sie sagte, er nehme diese Pistole immer mit, wenn er auf Reisen sei, wegen der Sicherheit. Außerdem sei er ein Waffennarr. Den Schalldämpfer allerdings..."

In diesem Moment wurden wir unterbrochen, weil einige unserer Leute sich von uns verabschieden wollten. Wir gingen hinaus ins Foyer und schüttelten viele Hände. Herbert Meiners, der so schön erzählt hatte, Heinz Kern, der Komiker, Robert Wilbers, seine gestylte Gattin und viele andere scharten sich um uns, und wir wünschten uns Gesundheit und alles Gute für die kommenden Jahre. Wilbers' Frau meinte, vielleicht treffe man sich ja schon bald wieder, beim Prozeß gegen Rolfes...

Wir umarmten Jürgen Sievers und seine Frau, die uns ganz traurig ansahen, weil sie den Michael so sehr gemocht hatten.

Herzlich bedankten wir uns dann bei Walter Franke, der auch gehen wollte. Er hätte sein Bestes getan, versicherten wir ihm. Man sah ihm an, wie sehr er sich verausgabt hatte.

Angela und Elke...

Beide weinten, als sie uns umfingen, besonders Elke. Am liebsten wären sie bei uns geblieben, das merkten wir, denn sie brauchten Zuspruch und Trost, den ihnen ihre Gatten, die sie in diesem Augenblick als Störenfriede betrachteten, nicht spenden konnten.

Wir begleiteten alle bis vor den Eingang, und wir winkten ihnen in der beginnenden Dämmerung lange nach. Würden wir sie jemals wiedersehen?

Als wir in die Bar zurückkehrten, saß der Kommissar allein und vergnügt vor seinem Bierglas. Ich mußte zugeben, jetzt wurde ich sentimental, und Hans schien es auch zu sein. Wir schwiegen und brüteten vor uns hin. Brümmer spürte es und wartete, bis die Neugier über die Melancholie siegen würde, die alle befällt, wenn der Abschied kommt. Und besonders ein Abschied wie dieser...

„Ich habe mich übrigens nicht gewundert", meinte er dann nach längerer Zeit, „daß die Frau Rolfes so spontan gegen ihren Mann ausgesagt hat. Wie der sie behandelt hat!

Schon morgen werde ich ihm die Pistole vorlegen, und ich bin sicher, daß er gesteht. Er hielt die Waffe immer in einem speziellen Fach am Boden seines Koffers versteckt, niemand sollte sie wohl sehen. Fingerabdrücke übrigens gab es außer denen des Toten keine, aber das war zu erwarten. Alles spricht gegen Rolfes."

„Und seine Frau?"

„Auch sie ist nicht ganz aus dem Visier. Auch sie hätte die Pistole nehmen und Hoberg erschießen können. Doch psychologisch gesehen..."

„Nichts darf ausgeschlossen werden."

„Sie sagen es, Herr Anwalt, und deswegen wird die junge Dame, bis alles geklärt ist, auf ihrem Bauernhof bleiben müssen. Es wird ihr nicht ungelegen sein, wenn Sie den Dorfklatsch bedenken!"

„Dem entgeht sie nur, wenn sie für einige Zeit verschwindet."

„Das kann sie tun, nachdem Ihr Mann verurteilt worden ist. Heute bringen wir sie jedenfalls in einem unserer Wagen nach Hause."

„Hoffentlich nicht in einem Streifenwagen."

„Um Gottes Willen, nein!"

Hans gab eine Runde aus. Ich schaute Christina an, und sie nickte. Sie würde uns nach Frankfurt fahren, deshalb trank ich meinem Freund und dem Kommissar unbesorgt zu. Der fühlte sich zu einer Revanche bemüßigt, da durften wir nicht Nein sagen. Und während Christina sich einen diesmal wirklich letzten Kaffee bestellte, gerieten wir drei Männer in eine merkwürdige Stimmung. Der Kommissar genoß seinen Erfolg, und wir kamen nicht los von dem Gedanken an Michael und seinen Mörder.

Ich orderte noch einmal drei Getränke. Wieder hatte ich das Gefühl, daß der Kommissar genau wußte, wie Hans und mir zumute war. Wir sagten nichts, als wir mit unseren Gläsern anstießen.

„Was geschieht mit dem Leichnam Michaels?" fragte Hans plötzlich.

„Wenn er freigegeben ist, wird er nach Köln überführt. Dort lebt seine jüngere Schwester zusammen mit ihrer Mutter, nachdem der Vater vor einigen Jahren verstorben ist. Wir haben ihre Adresse gleich heute mittag ausfindig gemacht und sie angerufen. Der Tote soll auf ihren Wunsch in Köln beigesetzt werden."

„Wie hat die Schwester reagiert?"

„Sie hat zuerst nichts gesagt, sie konnte es nicht begreifen. Obwohl sie sich dann beherrschte, merkte man, wie erschüttert sie war. Sie muß ihren Bruder sehr geliebt haben."

„Wir alle haben ihn geliebt", sagte Hans.

Wieder diese sentimentalen Anwandlungen! Michael und seine Schwester! Die untergegangene Zeit! Und dazu hieß es gleich Abschied nehmen von meinem besten Freund, für lange wohl, oder gar für immer?

„Vielleicht kommst du noch einmal in unsere Gegend, wenn gegen Gerhard verhandelt wird", meinte Hans, und er sagte es ein wenig traurig.

„Ja, auch ich würde mich freuen, Sie wiederzusehen", schloß sich Brümmer an. Ich hatte das Gefühl, als seien wir gute Bekannte oder Freunde geworden.

„Ich würde schon gern wissen, wie es weitergeht. Ja, vielleicht komme ich noch einmal", sagte ich, während Christina mich zweifelnd anschaute.

Es wurde Zeit. Christina rechnete an der Rezeption ab, und ich verstaute die Koffer im Auto. Im Foyer schüttelten wir dem Kommissar die Hand, wir verabschiedeten uns von der Hotelangestellten, und dann begleitete uns Hans zum hinteren Ausgang.

Lange umarmten wir uns, bevor Christina und ich in den Wagen stiegen. Es war dunkel geworden, aber es hatte aufgehört zu regnen.

Als wir davonfuhren, sah ich im Rückspiegel, daß Hans im Schein der Hotelbeleuchtung stand und winkte, bis wir hinter der Straßenbiegung verschwanden.

Von der Landschaft war nicht viel zu sehen, als wir die Heimat verließen. Im fahlen Mondlicht ragten Weidenstümpfe und Büsche aus dem Bodennebel, der sich über die Wiesen gelegt hatte. Es wirkte bizarr und gespenstisch.

Nur wenige Wagen waren jetzt am Sonntagabend unterwegs. Gut für Christina, die während längerer Strecken nicht gern am Steuer saß. Später auf der Autobahn wurde es lebhafter, doch es gab keinen Stau. Als wir an einem Hinweisschild nach Düsseldorf vorbeifuhren, dachte ich an Hagen Fresenius. Sicherlich hatte man ihn entlassen, und er war wohl auf dem Flug nach Argentinien.

Gegen Mitternacht tauchten die Lichter Frankfurts auf, und kurz darauf kamen wir an. Wir brachten unser Gepäck ins Haus und parkten den Wagen in der Garage. Ich war sehr müde.

Wir tranken noch ein Glas Wein, dann gingen wir schlafen.

Pünktlich war ich am Montagmorgen in der Kanzlei, und meine beiden Damen fragten mich gleich, wie es denn bei unserem Treffen gewesen sei. Was sollte ich antworten? Ich deutete an, daß es bei allem Schönen einen tragischen Vorfall gegeben habe, daß ich jetzt darüber aber nicht sprechen möchte, und ich vertröstete sie auf später. Sie waren sehr neugierig.

Ein wenig hatte ich schon zu vergessen begonnen, als die beiden am nächsten Morgen auf mich einstürmten. In der Hand hielten sie eine Boulevardzeitung, und sie konnten sie mir gar nicht schnell genug zeigen.

‚MORD AUF KLASSENFEST!‘ prangte es da in riesigen Lettern auf der Titelseite, und daneben war auf einem Foto die Fassade des ‚Schwan‘ zu erkennen. Darunter ging es weiter im Jargon der Klatschpresse.

‚Ein gehörnter Ehemann erschoß in der Nacht zum Sonntag während eines Abiturjubiläums einen Klassenkameraden. Er hatte ihn beim Sex mit seiner jungen Frau im Hotelbett erwischt. Er tötete ihn mit einer schallgedämpften Pistole.‘

Neben dem reißerischen Text war ein kurvenreiches Girl im Bikini abgebildet, wohl um dem Leser zu suggerieren, dies sei das Objekt der unschicklichen Begierde.

‚Die Untat ereignete sich in einer mittelgroßen Stadt nördlich von Münster. Dort wurde der Mörder, ein gewisser Gerhard R., von der Polizei festgenommen. Wir werden weiter berichten.‘

Ich mußte meinen Damen gestehen, daß die Tragödie sich tatsächlich auf unserem Fest ereignet hatte, daß eine solche Art der Berichterstattung das wahre Geschehen aber reichlich verfälsche.

Jetzt gab es für mich natürlich kein Entrinnen, ich mußte erzählen, und zwar ausführlich. Gern tat ich es nicht, aber es diente dem Betriebsklima, da konnte ich sicher sein. Ohne mich zu unterbrechen hörten die beiden zu, und am Schluß schauten sie mich bedauernd und voller Mitleid an, als ob ich aufs schlimmste in den Fall verwickelt sei. Als sie dann wieder an ihren Schreibtischen saßen, bekam ich durch die offene Tür zu meinem Büro mit, daß sie sich noch lange Zeit über alles unterhielten, und sie nannten die Namen der Klassenkameraden, als seien es alte Bekannte.

Ich fragte mich indessen, wer die Sensationspresse informiert haben könnte. Die Polizei? Die Beamten hatten getan, als seien sie darauf bedacht, daß möglichst wenig oder gar nichts an die Öffentlichkeit dringen sollte. Ein Ehemaliger? Ich konnte mir niemanden vorstellen, der geplaudert hätte. Andererseits wußte ich von den Methoden der Scheckbuch-Journalisten, wer weiß, wen sie weichgekocht hatten...

Als ich Christina am Abend das Massenblatt zu lesen gab, schüttelte sie den Kopf und war empört. Meine Bemerkung, daß Reporter und Zeitungsverleger von so etwas schließlich leben müßten, mißfiel ihr ganz und gar.

Drei oder vier Wochen später. Ich hatte viel zu tun in meiner Kanzlei, Verkehrssachen, Ehescheidungen, notarielle Angelegenheiten und Gerichtstermine. Eine Hausreparatur, verschiedene Einladungen, eine kurze Urlaubsreise nach Florenz. Danach wieder eine Menge Arbeit. Erst als mein Ältester Ferien bekam und den Übergang ins Gymnasium zu fürchten begann, hörte ich wieder einmal das Wort ‚Schule‘. An das Klassentreffen dachte ich kaum noch.

Eines Morgens jedoch standen meine beiden Mitarbeiterinnen wieder Gewehr bei Fuß. Das Gewehr? Es war die Frühausgabe der Boulevardzeitung, und auf der Innenseite stand zu lesen, daß der wegen Sexmordes an seinem Klassenkameraden festgenommene Gerhard R. – es folgte der Hinweis, daß man darüber ja vor einiger Zeit berichtet habe – nach einmonatiger Untersuchungshaft völlig überraschend freigelassen worden sei. Ein neuer, ganz anderer Verdacht bestehe jetzt. Die Polizei in Osnabrück, die den Fall nach wie vor bearbeite, hülle sich jedoch in Schweigen, um den Fortgang der Ermittlungen nicht zu stören. Man werde weiter berichten.

Die Damen schauten mich fragend an. Ich staunte über die Meldung, aber die beiden waren enttäuscht, weil ich viel zu wenig Interesse zeigte. Ob ich denn schon alles vergessen hätte? Den armen, schönen Michael, die Anne, die Angela und die Elke? Und den Hans, meinen besten Freund? Und der Mörder liefe jetzt frei herum!

Fast schämte ich mich, und ich mußte meine Damen ernsthaft beruhigen. Das ließ sich aber nicht mit Worten, sondern nur mit Taten bewerkstelligen, und ich mußte handeln.

Ganz schnell eilten die beiden an ihre Telefone, als ich sie bat, eine Verbindung zu – ja, ja, natürlich, zu Kommissar Brümmer, sagten sie wie aus einem Munde – herzustellen. Während Ulla, die jüngere, die Nummer der Kripo Osnabrück heraussuchte, redete die Müllerin – so nannten Christina und ich meine langjährig bewährte, erste Sekretärin – eifrig auf mich ein.

„Wir haben doch am kommenden Freitag den Termin in Bielefeld. Da könnte man doch kombinieren, vormittags die Verhandlung, nachmittags oder abends ein Treffen mit dem Kommissar!"

Ich hatte vor einiger Zeit die Vertretung für einen Offenbacher Geschäftsmann übernommen, der in Brackwede bei Bielefeld mit seinem Auto ein Kind angefahren und verletzt hatte. Sicher, am Freitag war der Termin. Nun ja, vielleicht...

Ulla hatte Osnabrück an der Strippe. Ganz überraschend meldete sich gleich das richtige Büro, und Kommissar Brümmer war sogar zu sprechen.

Er wußte sofort, wer ich war.

„Herr Anwalt", begann er, „Sie werden es kaum glauben, aber beinahe wäre ich Ihnen zuvorgekommen. Ich hätte Sie nämlich heute noch oder morgen angerufen, da ich gern eine Auskunft von Ihnen haben möchte. Vielleicht müßte ich Sie sogar als Zeugen zu mir bitten, aber ich kann mir Ihren Terminkalender vorstellen, und da könnten wir Ihnen auch einen Frankfurter Kollegen schicken, der Sie vernimmt. Wie geht's Ihnen übrigens?"

Als ich ihm von meiner Bielefelder Sache erzählte, war er begeistert.

„Wir treffen uns, natürlich, und zwar – er machte eine kurze Pause – am Freitagnachmittag um 17 Uhr, wenn es Ihnen recht ist. Sie werden staunen, was ich Ihnen zu sagen habe. Nicht jetzt am Telefon, als Jurist wissen Sie, warum. Aber Sie werden Augen machen, mein Bester! Bis Freitag also. Kommen Sie ins Polizeipräsidium, und danach gehen wir irgendwo essen!"

Jetzt war ich mindestens so neugierig wie meine Damen. Ich ließ mir die Offenbacher Akte geben und sah, daß die Müllerin den Fall schon bestens präpariert hatte. Ich mußte ihr und Ulla versprechen, gleich am Montag, wenn ich zurück sei, alles haarklein zu erzählen, damit sie nicht immer und ewig auf die blöde Zeitung angewiesen seien!

Die Verhandlung in Bielefeld war um elf Uhr anberaumt, das lag günstig, und ich trug Ulla auf, für Freitagnacht ein Zimmer in Osnabrück zu bestellen. Ich würde zusammen mit meinem Offenbacher Mandanten ganz früh von Frankfurt aus starten – er hatte seinen Führerschein verloren und würde ihn so bald nicht wiederbekommen – um nach der Verhandlung nach Osnabrück zu fahren. Dem Offenbacher solle sie gleich Bescheid sagen, daß er mit dem Zug zurückreisen müsse.

Ulla erledigte alles ganz schnell.

Abends war auch Christina neugierig zu erfahren, warum sich alles gewendet hätte. Der Mord an Michael beschäftigte sie wohl mehr als mich.

Freitagmorgen, 6.30 Uhr. Mit meinem Mandanten fuhr ich von der Kanzlei aus in Richtung Autobahn. Einen kleinen Koffer hatte ich dabei, die Akten und meine Robe lagen auf der Rückbank. Der Offenbacher saß während der ganzen Tour etwas einsilbig neben mir. Er war wohl noch nicht ausgeschlafen und sorgte sich dazu um seinen Prozeß, der ihn natürlich einiges kosten würde, darauf hatte ich ihn vorbereitet.

Die Verhandlung in Bielefeld ging rasch über die Bühne. Bei Unfällen mit Kindern gibt es keine Ausflüchte und wenig Pardon, und so mußte sich mein Mandant neben der Wiedergutmachung mit einer saftigen Geldstrafe und einjährigem Führerscheinentzug abfinden. Aber er war zufrieden. Er hatte wohl Schlimmeres erwartet, denn am Bahnhof, wohin ich ihn schnell noch brachte, schüttelte er mir unentwegt die Hand und bedankte sich fast übermäßig.

Jetzt nach Osnabrück. Die Fahrt über eine Bundesstraße mit zahlreichen Ortsdurchfahrten und Ampeln dauerte länger, als ich erwartet hatte, und ich kam erst gegen vierzehn Uhr in meinem Hotel an. Ich war sehr müde und legte mich gleich schlafen.

Gegen sechzehn Uhr stand ich auf, machte mich frisch und trank unten im Restaurant einen Kaffee. Dazu aß ich ein Stück Kuchen, denn ich hatte seit dem Frühstück nichts zu mir genommen. Dann bestellte ich ein Taxi und ließ mich zum Polizeipräsidium fahren.

Ich mußte mich durchfragen, bis ich vor der Tür von Kommissar Brümmer stand, der mich mit einem lauten „Immer hinein!" zu sich bat, nachdem ich etwas zaghaft geklopft hatte. Er hatte mich wohl erwartet, denn es war genau 17 Uhr. Viele Büros schienen schon geschlossen zu sein.

„Gleitende Arbeitszeit auch bei der Polizei?" fragte ich ihn, nachdem wir uns sehr herzlich begrüßt hatten.

„Und Freitagnachmittag", ergänzte er gut aufgelegt.

„Apropos Gleiten", meinte er dann nach einer Weile, und sah mich dabei lange an, „auch der Fall Hoberg drohte uns vor einiger Zeit zu entgleiten. Aber jetzt sieht es ganz anders aus. Sie werden mehr als überrascht sein und es nicht zu bereuen haben, hierher gekommen zu sein. Ich hoffe aber, daß Sie auch ein wenig meinetwegen..."

Ich versicherte ihm, daß dem gewiß so sei, und daß auch er doch seinen Feierabend opfere, um mit mir zu sprechen.

„Ein Polizist ist immer im Dienst", antwortete er lächelnd. „Trotzdem, wir werden etwas daraus machen, wir gehen nämlich in einem guten Lokal essen und werden uns dabei über unseren Fall unterhalten. Wußten Sie übrigens, daß ich Junggeselle, oder wie man heute sagt, ein Single bin? Ich kenne mich in der hiesigen Gastronomie aus. Vorher möchte ich nichts verraten, denn wir brauchen Zeit, weil ich viel zu erzählen habe."

Brümmer hatte sein Talent, es spannend zu machen, nicht verloren, das mußte ich schon sagen. Aber ich hatte großen Hunger, und deshalb war mir sein Arrangement mehr als recht.

Wir verließen das Präsidium und gingen zu Fuß, weil unser Ziel nicht allzu weit entfernt sei, wie er sagte. Die frische Luft tat mir gut. Nach etwa zwanzig Minuten standen wir vor dem Lokal, das er ausgewählt hatte. Es war ein alter, mit Efeu umrankter Fachwerkbau, und drinnen umgab uns eine urgemütliche Atmosphäre, die eigentlich viel zu schön war, um über Mord und Totschlag zu reden.

Wir bestellten zunächst einmal ein Bier. Brümmer lehnte sich in seinen Sessel und zündete sich eine Zigarre an. Ich fühlte mich fast zurückversetzt in den ‚Schwan‘, wo er damals bei unserer ersten Begegnung auch voller Genuß geraucht hatte. Ich war sehr gespannt, denn mir war klar, daß er jetzt erzählen würde.

„Sie müssen wissen", begann er, „daß alles damit anfing, daß der Rolfes beim ersten Verhör nicht gestand. Ich legte ihm seine Pistole vor und war absolut sicher, daß er die Tat sofort zugeben würde. Nichts dergleichen! Zwar leugnete er nicht, daß es seine Waffe sei, aber er behauptete, er habe sie seit Monaten nicht angerührt, und schon gar nicht im Hotel ‚Zum Schwan‘. Er habe sie immer bei sich in diesem Kofferfach, wenn er verreise, gewiß, aber da liege sie eben immer, auch wenn er zu Hause sei. Er besitze ja noch einen zweiten Revolver und benutze die Pistole im Koffer nie. Er nehme sie auch nie aus dem Fach heraus, damit sie stets reisefertig sei, so sagte er. Außerdem habe er keinen Schalldämpfer.

Er sei völlig überrascht gewesen, als er am Sonntagnachmittag verhaftet worden sei. Er habe überhaupt nichts gewußt vom Tode Hobergs und erst gemerkt, daß die Pistole fehlte, nachdem die Beamten seinen Koffer geöffnet und ihm das leere Fach gezeigt hätten. Schwindelig sei ihm da geworden. Und daß der Michael tot sei, das habe er zuerst gar nicht glauben können."

„Und seine Eifersucht? Sein Wutausbruch? Daß er seine Frau geschlagen hat? Und sein Haß auf Michael?"

„Hat er alles zugegeben, ohne auch nur im geringsten zu zögern. Übrigens hat er fürchterlich geweint dabei, besonders, als wir von seiner Frau sprachen. Er tat mir leid, aber ich mußte hart sein und trieb ihn mit allen Mitteln in die Enge.

Er sagte, daß er sich schon vorher öfter mit seiner Frau gestritten habe, weil er immer eifersüchtig gewesen sei und sie mit seiner Pedanterie oft verrückt gemacht habe. Er sei eben ein Trottel, ein Idiot, schon früher in der Schule sei er so gewesen, da sollte ich ruhig die Kameraden fragen. Vor allem übrigens Sie und Ihren Freund Hans Keding, so hat er unter Tränen gestammelt.

Aber niemals, sagte er, würde er einen Menschen töten, auch den Hoberg nicht, nein, niemals! Zwar habe er ihn gehaßt, diesen Schönling, weil dem immer alles in den Schoß gefallen sei, die guten Noten, das Wohlwollen der Lehrer und die Mädchen natürlich. Aber nie, nie hätte er an so etwas gedacht, auch nicht nach dem, was der ihm angetan hätte...“

Der Kellner brachte die Speisekarte. Ich suchte nach einem guten, reichhaltigen Gericht, dann bestellte ich, was der Kommissar mir empfahl.

„Was sagte er denn dazu, daß er in der Nacht während der Tatzeit nicht in seinem Zimmer war?“

„Auch das bestritt er nicht, obwohl er es hätte tun können, weil der einzige Zeuge seine Frau und auch sie ja nicht völlig außer Verdacht war.

Er sei, erklärte er, um etwa drei Uhr in die Toilette an der Hotelhalle hinuntergegangen, weil er – gut, daß unser Essen noch nicht da ist – sich habe fürchterlich übergeben müssen, und das habe er in dem dort dafür vorgesehenen Porzellanbecken, dem sogenannten ‚Kotzophon‘, erledigen wollen und nicht in seinem Duschraum. Es habe eine Weile gedauert, und als er zurückkam, sei ganz überraschend seine Frau im Zimmer gewesen. Er habe sie aber gebeten, sofort hinauszugehen.“

„Wenn das wahr ist, okay, wenn nicht, dann wäre es eine nahezu perfekte Erklärung.“

„So habe ich es auch gesehen, und deshalb blieb Rolfes auch in Untersuchungshaft, zumal wir nicht sicher waren, was er mit seiner Frau anstellen könnte, wenn er frei sein würde.“

„Hat er irgend etwas vorgebracht, was ihn hätte entlasten können, einen Verdacht wenigstens, eine Idee, wie das mit seiner Pistole gewesen sein könnte?“

„Nein, gar nichts hat er gesagt, nicht das Geringste, und ich will ehrlich sein, da sind mir zum erstenmal Zweifel gekommen, denn die meisten Täter, so meine Erfahrung, können sich nicht genug damit tun, andere zu beschuldigen, und seien sie noch so weit hergeholt oder was für wundersame Phantome.“

Die Suppe wurde serviert, und ob es nun mein Hunger war oder die Kunst des Kochs, jedenfalls schmeckte es mir trotz Brümmers wenig anregender Bemerkungen so gut wie selten.

„Und nun haben Sie ihn auf freien Fuß gesetzt", fuhr ich fort, „zumindest, wenn man unserem Massenblatt glauben darf."

„Ausnahmsweise dürfen Sie", schmunzelte Brümmer.

Ich sah ihn etwas ratlos an.

„Ja, und jetzt? Wird der Fall ad acta gelegt, gehört er bald zu den vielen unaufgeklärten Verbrechen, die in Form von DIN-A4-Mappen in den Kellern der Polizeipräsidien archiviert werden und dort verrotten wie die Opfer selbst?"

„Hoppla, mein Lieber, Sie schießen reichlich schnell, dafür aber weit daneben!"

Der Ober brachte zwei Cognac, die Brümmer für uns beide bestellt hatte.

„Schauen Sie auf das Glas!" forderte er mich auf.

Ich bemerkte nichts Besonderes und fühlte mich auf den Arm genommen.

„Ich meine natürlich den Inhalt, den Alkohol. Der tut manchmal seine Wunder. Ich will's kurz machen und Sie nicht lange foltern. Ich kenne den Lokalredakteur der hiesigen Zeitung, das kann man sich denken. Ab und zu trinken wir einen zusammen, denn wie so mancher aus der schreibenden Zunft verachtet er weder Rebensaft noch Met. Weil er sich hier in Osnabrück ein bißchen abgeschoben fühlt, während einer seiner Freunde in Köln bei dem von Ihnen angesprochenen Massenblatt Karriere gemacht hat und gewaltig Geld verdient, klebt er reichlich oft am Glas. Ein verschlamptes Genie ist er, wenn man es hart ausdrücken will.

Vor einiger Zeit saß ich wieder einmal mit ihm beisammen, und während die Cognacs sich summierten, löste sich seine Zunge.

Sie wissen, daß Journalisten die Namen ihrer Informanten ungern preisgeben, aus verdammt guten Gründen, wie man vermuten darf. Der Redakteur aber verriet mir etwas. Er wußte, daß ich den Fall Hoberg bearbeitete, und er hatte den Aufmacher zum ‚Sexmord' in der Boulevardzeitung gelesen. Sein Freund in Köln, sagte er mir nach dem dritten oder vierten Cognac, sei derjenige gewesen, der die Information bekommen habe, und zwar von jemandem, der an Ihrem Klassenfest teilgenommen habe. Nach einem weiteren Glas erfuhr ich den Namen. Was meinen Sie, wer dem Sensationsreporter etwas vorgeflötet hat?"

Ich war sprachlos.

„Es wird Sie überraschen – es war Frau Wilbers, die Gattin eines Ihrer Klassenkameraden, des Arztes aus Köln!"

Der Ober tischte das Hauptgericht auf. Und zum wiederholten Male kam die Minute des Kommissars, denn indem er sich jetzt umständlich und unter Lobeshymnen auf die gute Küche den Teller vollpackte, ließ er mich warten und schien sich zu freuen, mich reichlich verblüfft zu haben.

Frau Wilbers? Was sollte das? War es möglich? War sie den pekuniären Verlockungen des Boulevardblattes erlegen? Aber sie mußte doch Geld genug haben, jedenfalls schien es so. Oder hielt ihr Mann sie kurz? Hatte sie ihr Taschengeld aufbessern wollen?

Auch ich nahm mir Fleisch und Beilagen von den appetitlich angerichteten Platten.

„Ja gut, Herr Kommissar. Aber daß sie die Klatschpresse informiert hat, besagt gar nichts. Daraus kann man doch nicht irgendwas zusammenbasteln."

„Nein, sicher nicht. Aber wie ein winziger Bazillus sich in uns einnistet und später die schlimmste Krankheit verursachen kann, hatte ich plötzlich eine Idee im Kopf."

„Welche?"

„Ich nahm noch einmal den Lageplan zur Hand."

„Was für einen Lageplan?"

„Nun, den ich damals von den Räumlichkeiten im ‚Schwan' gezeichnet hatte."

Ich staunte.

„Ihr Zimmer, Herr Anwalt, lag ziemlich nahe an Hohbergs Nr. 15, nicht wahr? Noch näher allerdings, gleich daneben nämlich, befand sich der Raum des Ehepaares Wilbers."

„Ja und? Wollen Sie etwa deswegen jemanden verdächtigen? Vielleicht sogar mich?"

„Sachte, sachte. Das Zimmer von Rolfes war übrigens in einem anderen, einem unteren Flur. Aber nun aufgepaßt. Ich habe bei der Dame vom Empfang im ‚Schwan' angerufen. Sie wissen noch, wen ich meine?"

„Ja, sicher. Und?"

„Sie konnte sich genau erinnern. Herr Dr. Wilbers habe das Zimmer erst am Freitag, am Abend Ihres ersten Beisammenseins, telefonisch bestellt und – jetzt wird es interessant – gewünscht, einen Raum neben seinem alten Freund Michael Hoberg beziehen zu dürfen. Gleichzeitig habe er sich nach der Zimmernummer von Gerhard Rolfes erkundigt!"

Ich begriff nicht.

„Sie hingegen haben nicht neben Nr. 15 zu wohnen gewünscht, und auch Rolfes nicht.

Mühsam ist unsere Arbeit, Herr Anwalt, und wir erkennen die Täter nicht an der fiesen Visage wie unsere Kollegen von Film und Fernsehen. Nein, wir müssen nachdenken, wir müssen puzzeln, und oft hilft nur der berühmte Zufall."

Ich blickte nicht durch. Sicher, Wilbers war erst später zum Treffen gekommen. Aber warum hatte er das Zimmer neben Michael gewollt, und wie hing alles zusammen?

Wir gingen über zum Dessert. Es war vorzüglich. Der Kommissar säuberte sich danach etwas umständlich die Lippen, dann nahm er die unvermeidliche Zigarre aus dem Etui.

„Natürlich, auch nach dieser bemerkenswerten Auskunft unserer Hotelfachfrau war das Ganze nichts als ein Gedankenspiel, nichts als eine abstrakte Konstruktion, die ich nicht einmal meinem Assistenten Deters anvertraute.

Aber dann, mein Lieber, wenige Tage schon nach meinem Anruf im ‚Schwan‘, kam er, und zwar ganz massiv und gewaltig, und er brachte den Dreh, die unglaubliche Wende!"

„Wer kam?"

„Nun, unser Kommissar Zufall. Und zwar erschien er wie ein ‚deus ex machina‘ in Gestalt eines Kollegen, eines Kollegen allerdings, der nichts mit Mord oder Totschlag zu tun hat. Es war ein Beamter von der Steuerfahndung, dem wir alles zu verdanken haben."

Ich war jetzt mehr als gespannt.

„Das Kölner Finanzamt hatte wegen Verdachts der Steuerhinterziehung Anzeige gegen das Ehepaar Wilbers erstattet. Wie bei unseren Fahndern üblich, standen sie eines Morgens früh vor der Villa der beiden und hielten ihnen einen Durchsuchungsbefehl unter die Nase."

„Ja, und?"

„Der Arzt und seine Frau reagierten ganz cool. Die Beamten taten ihre Pflicht und kramten erst im Büro, dann in der Praxis und in allen anderen Räumen, und sie beschlagnahmten etliches Aktenmaterial. Sie wollten schon gehen, da hielt einer ihrer Leute sie noch auf. Er hatte in irgend einer unteren Schreibtischschublade etwas entdeckt."

Brümmer nahm einen Schluck Bier und wischte sich den Schaum vom Mund.

„Was es war? Sie werden staunen. Es war – ein Schalldämpfer, und zwar ein Schalldämpfer für eine Pistole!"

Ich sah den Kommissar verdutzt an.

„Der Beamte war clever. Er sagte den Wilbers nichts, sondern steckte das Ding schnell und unbeobachtet in seine Tasche. Ab ging's ins Präsidium, und sofort hat er hier bei mir angerufen. Er erinnerte sich an den Mordfall und an die Schlagzeilen in der Sensationspresse." Brümmer lächelte.

„Sie sehen, manchmal kommen die Klatschreporter uns sogar zu Hilfe, auch wenn sie es gar nicht beabsichtigen.

Ja, und dann begann es zu rollen. Am nächsten Tag hatte ich den Schalldämpfer in der Hand und am Morgen darauf aus unserem KT-Labor das eindeutige, von mir erwartete Ergebnis. Es war genau der Schalldämpfer, der auf der Pistole des Gerhard Rolfes aufgesetzt gewesen war. Die Spuren stimmten völlig überein. Noch am selben Tag habe ich beantragt, den Landwirtschaftsrat aus der Untersuchungshaft zu entlassen."

„Und dann?"

„Gleichzeitig wurden Dr. Wilbers und seine Frau in Köln verhaftet. Sie waren erstaunt und ahnungslos. Sie dachten wohl, es sei wegen der Steuersache."

Ich lehnte mich in meinen Stuhl zurück. Erst einmal mußte ich mit dieser unerhörten Neuigkeit fertig werden. Doch mir kamen Zweifel.

„Hätte Wilbers diesen Schalldämpfer nicht auf dem Gelände des Hotels oder sonstwo finden können, fortgeworfen von Rolfes, nachdem der den Michael umbrachte? Er ist doch auch Jäger und besitzt einen Waffenschein. Vielleicht konnte er das Ding gebrauchen und hat es einfach mitgenommen."

„Theoretisch möglich, doch dann hätte er mir seinen Fund vermutlich übergeben. Aber daran brauchen wir keinen Gedanken zu verschwenden, denn ich bin viel weiter, ja eigentlich schon am Ziel. Der Fall ist sozusagen gelöst."

„Etwa wie vor einem Monat, als Rolfes noch der Täter war?"

„Irren ist menschlich, nicht wahr? Machen Sie nie einen Fehler? Nein, mein Lieber, es sieht jetzt ganz anders aus, und ich freue mich darüber, nicht nur wegen des armen Landwirtschaftsrats. Als Anwalt fragen Sie natürlich nach dem Motiv, und ich kann Ihnen versichern, daß es selten ein klareres gab."

Brümmer hatte also wieder tiefgestapelt, typisch für ihn. Jetzt wollte ich alles wissen.

„Sind die Wilbers noch in Haft?"

„Die Vögel sitzen im Käfig, und zwar hier in Osnabrück, damit ich sie besser vernehmen kann. Aber das ist kaum noch nötig, seit wir das Geständnis aus München haben."

„Welches Geständnis, Brümmer? Machen Sie's nicht wieder so spannend!"

„Die Aussage übrigens, die ich von Ihnen haben wollte, ist inzwischen überflüssig. Um so wichtiger war die Schwester von Hoberg. Die war sogar mehr als wichtig!"

Ich fuhr zusammen. Meine Jugendliebe! Was hatte sie mit der Sache zu tun?

Brümmer sah mich an und machte eine Pause. Er hatte zwei Glas Wein für uns bestellt und bot mir plötzlich das ‚Du' an. Er sei der ältere, meinte er, und wir seien uns doch sympathisch. Warum nur immer das lästige ‚Sie'?

Ich nahm den Wein und trank ihm zu. Ich mochte ihn und nannte ihn gern bei seinem Vornamen Niklas, einer Abkürzung für Nikolaus, wie er brummend sagte.

„Die Geschichte ist nicht ganz kurz", gab er zu bedenken, „aber sie ist ungeheuerlich. Es ist noch früher Abend, und ich bin sicher, sie wird dich nicht langweilen."

Wie konnte er das annehmen? Was war für mich interessanter als das? Schade nur, daß Hans Keding nicht bei uns war!

„Die Schwester des Ermordeten", fuhr Niklas Brümmer fort, „hat mich ungefähr zu der Zeit angerufen, als ich an der Schuld von Rolfes zu zweifeln begann. Sie heißt Katrin, ist von Beruf Krankenschwester und lebt mir ihrer Mutter zusammen in einer Eigentumswohnung am Rande von Köln."

Ich mußte Niklas mit großen Augen angesehen haben, denn er stutzte.

„Du kennst sie von früher her, nicht wahr?" meinte er, und ich nickte.

„Sie wollte mir etwas sagen, von dem sie glaubte, daß es für mich wichtig sein könnte. Ich hörte ihr voller Spannung zu, als sie mir erzählte, daß ihr Bruder wenige Tage vor seinem Tode bei ihr in Köln gewesen sei. Er habe sie und die Mutter besucht. Es sei das erste Mal gewesen, denn er habe nur selten Urlaub genommen und seine Arbeit in München keinem anderen überlassen können.

Jetzt wirst du überrascht sein. Katrin Hoberg sagte mir, daß Michael in Köln einen ehemaligen Klassenkameraden mit Namen Robert Wilbers getroffen habe, und zwar ganz zufällig, irgendwo beim Bummel auf der Hohen Straße. Wilbers soll sich gefreut und den Michael gleich für den nächsten Abend zu sich nach Hause eingeladen haben. Katrin bestätigte mir dann, daß Michael auch hingegangen sei. Ziemlich spät am Abend sei er zurückgekommen, und dann habe er ihr merkwürdige Dinge erzählt..."

Niklas nahm einen Schluck Wein und ermunterte auch mich.

„Es ging um medizinische Geräte. Wilbers hat dem Michael zuerst seine Luxusvilla vorgeführt. Seine Frau war übrigens nicht da, sie war bei irgend einer Freundin. Zuletzt, nachdem die beiden sich länger unterhalten hatten, sind sie auch in die Praxis gegangen. Voller Stolz hat der Arzt seinem Gast dies und das gezeigt.

Plötzlich hat Michael etwas gesehen. In einem der Räume stand ein Dialyse-Gerät, du weißt, dieser Apparat, mit dem Nierenkranke behandelt werden. Dieses Gerät kannte Michael, es stammte aus seiner Firma. Aber es war eines, das dort eigentlich gar nicht hätte sein dürfen.

Katrin berichtete, Michael sei entsetzt gewesen und habe dem Wilbers sofort gesagt, daß dieses Dialyse-Gerät nicht einwandfrei arbeite und von der Firma ‚Medidor‘ zusammen mit der ganzen Baureihe sofort aus dem Verkehr gezogen und entsorgt worden sei. Dann habe er dem Arzt erklärt, daß die Patienten mit diesem Apparat nur ungenügend entgiftet würden und daß das sehr gefährlich sei.

Wilbers sei verlegen geworden, er habe geantwortet, daß er das Gerät gar nicht benutze, er führe gar keine Dialysen durch, und es stehe nur zufällig dort. Er habe es vor einiger Zeit von einem Vertreter angeboten bekommen, werde es jetzt aber sofort reklamieren und sich mit dem Hersteller in Verbindung setzen. Im übrigen sei er ganz erstaunt gewesen, als Michael sich als Medizintechniker und Mitarbeiter der Firma ‚Medidor‘ zu erkennen gegeben habe. Der Wilbers habe ihren Bruder dann sehr eigentümlich angesehen, so wußte Katrin es noch, als er ihm versprochen habe, sich in München ebenfalls um die Angelegenheit zu kümmern...“

„Niklas, wo du das mit diesem Blick sagst, fällt mir ein, daß sich die beiden auch auf unserem Klassentreffen einmal so eigenartig angeschaut haben.“

„Mich wundert, daß es nicht mehr war. Die zwei haben sich da sehr beherrschen können. Du wirst gleich erfahren, warum.“

Wir bestellten noch einen Schoppen Wein.

„Michael ist schon am nächsten Tag zurück nach München gefahren. Was sich dort abgespielt hat, wissen wir aus einem Papier, das wir erst vor kurzem in der Wohnung deines toten Kameraden gefunden haben. Es gab uns den letzten, entscheidenden Aufschluß.

Michael war überaus mißtrauisch und hat in seiner Firma sofort gehandelt. Er ist zu dem Verantwortlichen für Lagerhaltung und Versand, einem gewissen Herrn Baumann, gegangen, und hat sich in dessen Buchführung und in den Beständen umgesehen. Michael konnte das, weil er zum erweiterten Vorstand gehörte. Prompt hat er nach kurzer Zeit entdeckt, daß dieser Bursche etliche medizinische Geräte, die aussortiert und längst hätten vernichtet sein sollen, in einem abgelegenen Raum versteckt hielt.

Er sagte dem Baumann direkt ins Gesicht, daß er die ‚Medidor' in übelster Weise betrüge, indem er diese Geräte illegal horte, um sie dann nach und nach zu verschieben. Sofort wollte Michael dann wissen, an wen, und der völlig konsternierte Mann hat alles zugegeben, vor allem, als er den Namen Wilbers hörte.

Michael fragte ihn, seit wann er diesen Arzt in Köln beliefere, war aber überrascht, als Baumann sagte, nicht an den Arzt, sondern an dessen Frau schicke er die Ware. Die habe Beziehungen und verkaufe sie für viel Geld an asiatische und afrikanische Interessenten.

Michael hat den Mann schwer angegangen und ihm vorgeworfen, mit seinen verbrecherischen Geschäften viele Menschen gesundheitlich aufs schlimmste zu schädigen, ja sogar ihr Leben zu gefährden. Er werde ihn anzeigen und vor Gericht bringen."

Ich war jetzt aufgeregt und gespannt zugleich.

„Und alles stand in dem Papier?"

„Ja. Michael muß es unmittelbar vor dem Klassentreffen geschrieben haben, als Unterlage für das Gespräch, das er wohl am Montag nach dem Fest mit dem Vorstand der Firma und dann mit der Polizei in München führen wollte. Wir wissen, warum es dazu nicht kam..."

„Michael hat einen Fehler gemacht, für zwei oder drei Tage wußte nur er von dem Betrug, und das war bei der Brisanz dieser Sache gefährlich!" stieß ich hervor.

„Ja, das war das Schlimme, daß der Baumann sofort, nachdem Michael gegangen war, in Köln anrief und die Wilbers' warnte. Und wie!"

„Woher weißt du das?"

„Von dem Gangsterpaar natürlich, mein Lieber. Ich war fleißig und habe sie ganz schön in die Mangel genommen."

„Ich wundere mich jetzt, wie ruhig und unbekümmert Michael auf dem Treffen war."

„Er hatte die Wilbers' nicht erwartet, sie dann aber wohl in Sicherheit wiegen wollen. Die aber waren angereist wie Berufskiller, um ihn so schnell wie möglich umzubringen!"

„Bist du sicher?"

„Absolut. Und ihr Plan war perfekt. Sie waren entsetzt, als der Baumann sie angerufen hatte, sie wußten, daß alles aus sein würde, wenn Michael zum Vorstand und zur Polizei ginge. Sie wußten aber auch, daß er das erst nach dem Wochenende tun würde. Und sie wußten, daß Michael in diesen zwei Tagen auf dem Klassenfest sein würde..."

„Von wem?"

„Walter Franke hatte es ihnen gesagt."

„Ach ja, natürlich!"

„Wilbers und seine Frau planten fieberhaft, aber teuflisch präzise, und ein Zufall half ihnen noch. Von einem Jagdfreund, der wiederum den Rolfes kannte, hatten sie irgendwann einmal erfahren, daß der Gerhard immer eine geladene Pistole bei sich habe, wenn er verreise, in einem eigens dafür angefertigten Fach im Koffer. Der Mann hatte es ihnen als Witz, als Marotte eines münsterländischen Bauern geschildert. Das wollten sie nutzen. Sie bestellten das Zimmer im ‚Schwan', neben Michael, und sie fragten nach der Nummer von Rolfes, das sagte ich dir ja schon. Eigentlich wollten sie gar nicht zum Treffen gekommen sein, auch das wissen wir von dem Tierarzt."

„Und dann?"

„Während ihr euren Gang durch die Stadt machtet, trafen sie im Hotel ein. Keiner von euch war da, eure Zimmerschlüssel hingen in der Rezeption. Frau Wilbers hat nach kurzer Zeit den Schlüssel der Rolfes heimlich und unbeobachtet vom Haken genommen, ist in deren Zimmer geschlichen und hat die Pistole aus dem Koffer geholt. Rolfes konnte nichts merken, weil er nie schaute, ob die Waffe an ihrem Platz war. Als ihr zurückkehrtet, hing der Schlüssel längst wieder am Brett, und die Wilbers' hatten die Pistole. Den Schalldämpfer, raffiniert versteckt, hatten sie mitgebracht, vorsichtshalber. Und Gummihandschuhe aus der Praxis, um Fingerabdrücke zu vermeiden."

„Weiter?"

„Der Auftritt eures Othello am Abend dieses Tages kam den beiden sehr gelegen, ja, er bereitete ihnen größtes Vergnügen. Wie herrlich! Jetzt lieferte der Ärmste zur Pistole sogar noch das Motiv!"

Mir fiel plötzlich ein, daß Christina gesehen hatte, mit welcher Genugtuung Wilbers die fürchterliche Eifersuchtsszene betrachtet hatte. Ich sagte es Niklas, und er nickte.

„Eiskalter Mord, um ein Verbrechen zu vertuschen!"

„Wer von den beiden hat den Schuß abgegeben, wer hat Michael getötet?"

„Frau Wilbers. Mit aufgesetztem Schalldämpfer."

„Ist das sicher?"

„Sie hat es mir, wenn auch ohne Zeugen, gestanden."

„Weißt du noch, wie sie es gesagt hat?"

„Ja. Ihr Mann hätte es nicht tun können, sagte sie, er hätte es nicht über's Herz gebracht, einen Klassenkameraden zu erschießen. Da hätte sie es machen müssen."

„Unglaublich!"

„Sie ist Mitglied im Tontauben-Schießklub Köln. Nicht mehr lange allerdings."

Niklas' Humor konnte makaber sein. Ich dagegen war derart betroffen, daß ich erst nach einiger Zeit weiterreden konnte.

„Weshalb haben die beiden einen Selbstmord Michaels vorgetäuscht?"

„Zum einen wollten sie, daß die Pistole sofort gefunden würde. Aber darüber hinaus manipulierten sie die Sache absichtlich auf höchst laienhafte Weise, um den armen Rolfes noch bis ins kleinste verdächtig erscheinen zu lassen. Als Arzt hätte Wilbers so etwas sonst bestens hinbekommen."

„Und gerade dadurch wurde es perfekt!"

„Könnte man sagen, ja."

„Perfide!"

„Vergiß nicht, was für sie davon abhing. Beruf, Geld, Ansehen, Gesellschaft, alles wäre futsch gewesen. Dazu vielleicht einige Jährchen, aber das weiß man nicht. Vielleicht hätte ein tüchtiger Anwalt sie herausgehauen."

Niklas sah mich fast böse an.

„Jetzt ist natürlich alles vorbei, jetzt rettet sie niemand mehr. Wer weiß, was sonst noch herauskommt. Die Steueraffäre ist auch noch da."

„Warum sind sie in Köln so sorglos mit dem Schalldämpfer umgegangen?"

„Sie waren sich ihrer Sache völlig sicher. Aber der Zufall, der Steuerfahnder, ist ihnen dazwischen gekommen. Er hat sie ungewollt überführt."

„Und Michaels Papier?"

„Es hätte bestenfalls einen Verdacht heraufbeschworen, aber nicht als Beweis herhalten können. Es waren ja nur Aufzeichnungen, womöglich für einen Kriminalroman, so hätten die Wilbers argumentiert. Vor allem aber hätten wir das Papier wohl nicht gefunden, weil wir nie nach so etwas gesucht hätten."

„Und die Aussage von Michaels Schwester?"

„Die hätten sie als Mißverständnis abgetan, zumal sie das Dialyse-Gerät sofort verschwinden ließen."

Ich mußte durchatmen. Dann nahm ich einen tiefen Schluck, und Brümmer stand mir nicht nach.

„Warum hat Michael seine Zimmertür in dieser Nacht nicht abgeschlossen und es ihnen dadurch so leicht gemacht?"

„Anne. Michael hatte sie an diesem Abend von der nassen Straße wieder ins Hotel geholt und sie dann auf ihr Zimmer gebracht. Er ist noch eine Weile bei ihr geblieben, hat ihr gut zugeredet und ist danach in sein Zimmer gegangen. Er hat ihr gesagt, wenn sie keine Ruhe fände, solle sie zu ihm kommen, er werde die Tür nicht abschließen. So hat die junge Frau es mir erzählt."

„Sein Verhängnis!"

„Ach, die Wilbers' hätten auch eine verschlossene Tür aufgekriegt, mit dem alten Zeitungstrick vermutlich. Schade allerdings, daß die Anne nicht bei ihm gewesen ist. Dann würde er heute noch leben."

„Ganz gewiß. Für die Wilbers' wäre es übrigens auch besser gewesen, denn jetzt droht ihnen ‚Lebenslänglich' statt" – ich zögerte – „einer befristeten Haft und einer dicken Geldstrafe."

„Das Risiko von Mördern halt. Aber ich glaube, die beiden waren so strukturiert. Deren Dasein war ein einziger Tanz auf dem Vulkan, jenseits aller Vernunft. Natürlich sind sie unter Ärzten eine Ausnahme. ‚Schwarze Schafe' sozusagen in der weißen Branche."

„Ist Robert Wilbers ein Homosexueller?"

„Ja. Doch das hat mit der Sache nichts zu tun. Er wurde weder erpreßt noch bedroht. Wilbers und seine Frau liebten halt ihr ‚Dolce Vita', und das kostete Unsummen."

„Warum haben die beiden an dem Abend eigentlich so eine Show abgezogen?"

„Einmal, weil sie zu so etwas wohl neigten. Aber sie machten es auch ganz bewußt. Es war Taktik, es war Teil ihres Plans. Stell dir vor, sie hätten den Abend hindurch still und unauffällig irgendwo in der Ecke gesessen. Wäre Michael dann nicht mißtrauisch geworden? Hätte er nicht vermuten können, sie seien womöglich seinetwegen gekommen?"

„Donnerwetter ja, da hast du recht, Niklas!"

„Ein Kriminalbeamter muß nebenbei auch Psychologe sein, mein Lieber."

„Und was ist mit diesem Baumann in München?"

„Er hat gestanden und sitzt in Stadelheim."

„Woher kannte der eigentlich die Wilbers'?"

„Von der Uni her. Baumann ist ein verkrachter Mediziner, der sein Examen nicht geschafft hat. Mit Robert Wilbers war er in Heidelberg zusammen, dort haben die beiden studiert und nebenbei so dies und das unternommen. Ich glaube, sie waren auch ein Pärchen. Wilbers ging dann als angehender Arzt nach Köln, Baumann kam nach einiger

Zeit mit viel Glück bei der ‚Medidor' unter und hat sich dort zum Magazinverwalter hochgedient."

„Und eines Tages ist er auf eine Idee gekommen und hat sich an seinen Kumpel aus Heidelberg erinnert?"

„Genau."

„Er glaubte, der Wilbers hätte als Arzt die nötigen Verbindungen und könnte ihm mehr oder weniger defekte medizinische Geräte gegen gute Kasse abnehmen. Er kannte seinen Ex-Kommilitonen nur zu gut."

„Wohl wahr."

„Und Robert hat das Geschäft seiner Frau überlassen, weil er als Mediziner ohne Fehl und Tadel bleiben wollte und sie nicht untüchtig war?"

„Stimmt. Und es hat ihnen sehr viel Geld eingebracht, davon können wir ausgehen. Die Zahlen werden bald auf den Tisch kommen."

„Welch ein Abgrund, welche Niedertracht!"

„Kann man wohl sagen. Und dafür mußte dein ebenso schöner wie begabter Klassenkamerad sterben!"

Ich nahm einen Schluck Wein. Ganz nahe waren mir wieder die Tage des Klassenfestes, und ich versuchte, mich an Wilbers zu erinnern. Als Junge hatte er zu den Unscheinbaren gezählt, ähnlich wie Kern. Nie allerdings war er zu fassen gewesen, immer war er schwer zu durchschauen. Nie hatte er sich klar und offen geäußert, stets hatte er sich opportunistisch verhalten und sein Fähnchen nach dem Wind gedreht. Viele hatten ihn nicht gemocht, weil er sich immer anbiederte und mit allen gut Freund sein wollte. Er war das einzige Kind ziemlich armer Eltern, die ihn mächtig antrieben, ein gutes Abitur zu machen, und das schaffte er auch. Ein wenig angegeben hatte er damals schon, aber man beachtete ihn kaum.

Auf dem Festabend hatte er zu wirken gewußt, als Arzt war er sehr von sich überzeugt gewesen. Mehr noch als früher hatte er sich wichtig gemacht und mächtig in Szene gesetzt. Daß er aber diese Großmannssucht noch nutzen würde, um Michael zu täuschen! Darauf wäre ich nicht gekommen, wenn Niklas es nicht gesagt hätte.

Und wer hätte geglaubt, daß er an diesem Abend zusammen mit seiner Frau einen Mord begehen würde? Wer hätte im entferntesten geahnt, daß seine blauseidene Gattin wenige Stunden nach dem feierlichen Essen eine Pistole an die Schläfe Michaels halten und abdrücken würde?

Ich konnte es immer noch nicht begreifen. Niklas merkte es, und er versuchte, mich abzulenken. Er erzählte mir von anderen, ebenso unglaublichen Fällen aus seiner langen Tätigkeit als Kriminalbeamter. Aber so interessant alles sein mochte, es war abstrakt, es war keine Realität, die erst da ist, wenn es einen selbst trifft. Diesen Gegensatz verspürte ich wie nie zuvor, und der Tod Michaels nahm mich heute fast mehr mit als vor einem Monat. Und ich empfand in diesem Augenblick, daß es von jetzt an kaum noch schön sein würde, sich an die Jugendzeit zu erinnern, weil vieles grausam zerstört worden war.

Es war spät geworden in unserem Lokal mit den Efeuranken, deren Schatten durch das Licht einer Straßenlaterne auf die Fenster geworfen wurden. Der Ober wollte abrechnen, aber ein letztes Glas gönnten wir uns noch. Wir saßen da und sagten nicht viel, aber ich wußte, daß ich in Niklas Brümmer einen Freund gefunden hatte.
Schließlich zahlten wir und gingen hinaus. Es war ein lauer Sommerabend, und Niklas entschied sich, mich zum Hotel zu begleiten. Es sei zwar etwas weiter als bis zum Präsidium, meinte er, aber was sei angenehmer als ein nächtlicher Gang durch die Altstadt?
Wir sprachen nicht mehr über den Mord. Er erklärte mir unterwegs dieses und jenes Bauwerk, vor allem das imposante Rathaus, das von Scheinwerfern hell angestrahlt war und vor dem wir lange stehen blieben.
Er begann von sich zu erzählen, von seinem Leben, seinen Träumen und davon, daß er bald nicht mehr im Dienst sein werde. Ob er mich dann einmal besuchen dürfe? In Frankfurt sei er zuletzt als Kind gewesen, bei einer Tante, und es habe ihm damals so gut gefallen dort.
Was konnte mir lieber sein? Sich mit ihm zu unterhalten tat gut, er hatte etwas Ruhiges, Selbstsicheres an sich, das sich auf jeden übertrug, der ihm nahe war. Auch Christina hatte ihn gern, das wußte ich, und sie würde bestimmt nichts dagegen haben, wenn er käme. Ich bat ihn, mich nur rechtzeitig anzurufen, ich würde dann ein gutes Programm vorbereiten.
Wir waren an meinem Hotel angelangt. Wir sahen uns noch einmal an und gaben uns die Hand. Dann drehte ich mich um und ging ins Foyer, das leer war und wie tot wirkte.
Niklas verschwand in der Dunkelheit.

Ich schlief sehr schlecht in dieser Nacht, obwohl ich doch schon so früh aufgestanden war und einen anstrengenden Tag hinter mir hatte. Quälten mich all die Dinge, die sich doch nicht so leicht verdrängen ließen? Oder war es das ungewohnte Hotelbett?

Es war Morgen, ich duschte, zog mich an und ging hinunter. Wenig gut gelaunt saß ich am Frühstückstisch, als ich plötzlich ans Telefon gebeten wurde. Ich erschrak. Wer wollte mich sprechen? Jetzt, am Sonnabend? War zu Hause etwas nicht in Ordnung?

Ich ging an den Apparat, nahm den Hörer, und – es war Niklas Brümmer. Er begrüßte mich kurz und hastig, dann sprach er sehr leise.

„Du, es ist wieder etwas geschehen, heute nacht, und ich muß es dir sagen. Ich wollte dir erst schon früher Bescheid geben, aber du solltest ausschlafen."

„Rede, Niklas! Was ist passiert?"

„Halt dich irgendwo fest, mein Lieber. Du stehst doch in der Telefonbox deines Hotels, oder?"

Wieder einmal machte er eine seiner wohldosierten Pausen. Dann sprach er weiter.

„Stell' dir vor, heute nacht gegen drei Uhr haben sich Robert Wilbers und seine Frau in ihren Gefängniszellen hier in Osnabrück getrennt voneinander, aber fast gleichzeitig das Leben genommen!"

Mir fiel beinahe der Hörer aus der Hand.

„Nicht möglich!"

„Du sagst es, eigentlich nicht möglich, da sie Tag und Nacht von den Beamten beobachtet wurden und sich in ihren Zellen nichts befand, womit sie es hätten tun können."

„Ja, aber wie denn?"

„Nach Art der großen Nazis."

„Ich verstehe nicht."

„Sie hatten beide, wie anno 45 Himmler und Göring, Zyankali-Kapseln bei sich. Wo und wie sie die verborgen haben, ob sie ihnen zugeschmuggelt wurden oder ob sie die schon vorher besaßen, wissen wir nicht. Vielleicht waren sie in dem berühmten hohlen Zahn versteckt. Niemand hat etwas gemerkt, als sie hier von Köln aus eingeliefert wurden. Manchmal sind wir den Medizinern eben nicht gewachsen."

„Und diese Kapseln haben sie geschluckt?"

„Ja."

„Nachts um drei?"

„Ich weiß, worauf du hinaus willst. Dieselbe Zeit, zu der auch Michael Hoberg starb, nicht wahr?"

„Das sagst du jetzt."

„Ich möchte nicht behaupten, daß es Absicht war, aber Zufall war es sicher auch nicht."

Niklas konnte wirklich geistreich sein.

„Die Justizbeamten haben nichts machen können. Als sie etwa um halb vier ihre Einzelzellen kontrollierten, lagen die beiden Mörder verkrampft und mit blau angelaufenen Gesichtern am Boden. Der Gefängnisarzt stellte kurz darauf den Tod durch Atemlähmung und inneres Ersticken infolge Einnahme von Zyankalium fest."

Die Mörder! Gut, daß Niklas es so sagte, denn für einen Moment dachte ich, ach Gott, schon wieder ein Klassenkamerad umgekommen, und unwillkürlich hatte ich so etwas wie Trauer verspürt. Doch dann fühlte ich anders, und obwohl mich das grauenhafte Ende der Wilbers entsetzte, war ich erleichtert.

„Du kannst dir denken", meinte Niklas, „daß ich die Sache unterschiedlich sehe. Einerseits bin ich froh, daß mir der ganze Prozeßkram mit Aussagen, Beweisführungen, Sachverständigen und so weiter erspart bleibt. Andererseits kommen die bekannten Vorwürfe gegen die Justiz und Polizei hoch, und die Pressemeute steht tagelang in unseren Fluren. Aber bald ist Schluß für mich, es ist einer meiner letzten Fälle gewesen."

Ich tröstete ihn, und als einer, der im weitesten Sinne auch der Göttin mit den verbundenen Augen dient, fand ich wohl die richtigen Worte. Als ich ihn dann noch einmal zu uns nach Frankfurt einlud, schien er sehr zufrieden zu sein.

Ein zweites Mal verabschiedeten wir uns, wenn auch nur am Telefon, und er wünschte mir eine gute Reise. „Bis bald in Frankfurt", das war das letzte, was er sagte.

Ich frühstückte zu Ende, dann zahlte ich die Rechnung. Dem Portier sagte ich, er solle mir keinen Spesenbeleg schreiben. Es sträubte sich etwas in mir. Ich wollte bei all dem Schrecklichen nicht auch noch Geld eingeheimst haben.

Die Rückfahrt auf der Autobahn war mühsam, denn ich geriet in den Ferienverkehr. Über lange Strecken ging es nur stockend voran, und ich hatte reichlich Zeit, über manches nachzudenken.

Der Selbstmord der Mörder! Hatten nicht einige an dem Morgen im ‚Schwan' geglaubt, auch Michael habe sich umgebracht? Gab es so etwas wie eine höhere Gerechtigkeit? Wann würden die Klassenkameraden es erfahren? Vielleicht nur durch die Zeitung? Sollte ich nicht wenigstens Hans einen Brief schreiben oder ihn anrufen? Und Gerhard Rolfes? Müßte man ihm nicht helfen und ihm einiges abbitten?

Dann wieder sah ich Michael vor mir und seine blonde Mörderin. Wie traurig mußte seine Beerdigung in Köln gewesen sein! Ich dachte an seine Mutter und an Katrin...

Wie hatten die Mitarbeiter in seiner Firma wohl reagiert, als sie von seinem Tod erfuhren? Und mir erschienen die Wilbers', wie sie da mit verdrehten Augen auf dem Betonboden lagen...

Es war verdammt schwer, sich von all dem zu befreien!

Mit jedem Kilometer jedoch, um den ich weiter nach Süden kam, ging es mir besser. Und als sich am späten Mittag die Bergketten des Taunus abzeichneten, begann ich mich zu freuen, obwohl mir klar war, daß ich noch zweimal von den fürchterlichen Ereignissen würde berichten müssen. Zuerst Christina, und dann am Montagmorgen meinen beiden Damen, die doch so neugierig waren und die alles wissen mußten, bevor sie es wieder nur in der Sensationspresse lesen konnten...